AF198563

Martha Schilf

Dort, im unendlichen Blau

Zwei Erzählungen

BoD – Books on Demand

Bibliografische Information der Deutschen Nationalbibliothek: Die Deutsche Nationalbibliothek verzeichnet diese Publikation in der Deutschen Nationalbibliografie; detaillierte bibliografische Daten sind im Internet über dnb.dnb.de abrufbar.

Herstellung und Verlag: BoD – Books on Demand, Norderstedt
Titelbild: Bruno /Germany über Pixabay (bearbeitet)
Lektorat: Cornelia Soltau, M.A., Waldkirch

ISBN: 9-783751904346

Hinweis: Das "Buch der Unruhe des Hilfsbuchhalters Bernardo Soares" von Fernando Pessoa, das in "Vogel und Vulkan" zitiert wird, ist im Amman-Verlag erschienen, 7. Auflage, 1997; die Übersetzung ist von Georg Rudolf Lind.

Dort, im unendlichen Blau

Dort, im unbegreiflichen Blau, würde Monika in einer halben Stunde entlangfliegen. In ein neues Leben. ‚Am besten nicht zu viel erwarten', dachte sie. Sie stand an einem der großen Fenster, die die Rollbahnen überschauten und beobachtete Flugzeuge beim Abheben und Landen. Für einige Reisende hatte eine Flugreise sicher etwas Außergewöhnliches, für andere war es der lästige Dienstreise-Alltag. So viele Geschichten, die Monika nie erfahren würde. Vielleicht ganz gut so. Monika prüfte mehrfach, ob sie ihren Reisepass und ihre Boarding-Karte parat hatte. Mit zwanzig Minuten Verspätung ging es endlich los. Nachdem die Stewardessen die obligatorische Sicherheitsbelehrung abgeschlossen hatten und durch die Reihen gegangen waren, um zu prüfen, ob alle Passagiere auch das Handgepäck verstaut und die Sicherheitsgurte geschlossen hatten – was sie mit übertrieben eleganten Handbewegungen begleiteten –, rollte die Maschine an, beschleunigte und hob endlich ab, wobei Monika in ihren Sitz gedrückt wurde. Das Flugzeug legte sich etwas schräg, um die Richtung zu ändern und da war es, das herrliche, endlos scheinende Blau, nachdem sich Monika so lange gesehnt hatte.

Der Flug selbst verging recht schnell. „Noch ein Getränk?", „Ja, noch einen Tomatensaft, bitte". Dann wurde das Plastikgeschirr der kleinen Mahlzeit wieder eingesammelt, die Anschnallpflicht-Leuchtanzeigen leuchteten wieder auf und das Flugzeug flog Edinburgh an. Es war faszinierend, wie schnell man an einem völlig anderen Ort sein konnte.

Während sie sich auf dem Flughafen in Edinburgh langsam zu ihrem Anschlussgate begab und an Duty-Free-Läden mit typisch schottischem Touristengebäck und erlesenen Whiskysorten vorbeiging, begriff Monika, dass sie nun endlich Zeit haben würde.

Eine kleine Propellermaschine brachte sie über die Highlands. Aus dem kleinen Fenster an ihrem Platz konnte Monika die Schneegestöber auf den Bergen beobachten. Je weiter sie ihr bisheriges Leben hinter sich ließ, desto mehr atmete sie auf.

Schließlich war Monika in Kirkwall angekommen. Sie nahm an dem dafür vorgesehenen Fließband ihren neuen, orangefarbenen Koffer entgegen und fuhr mit einem Taxi weiter an ihren Bestimmungsort, wo sie eine Ferienwohnung gemietet hatte. Endlich!

Monika liebte Orte, die nicht von Touristen überfüllt waren. Sie mochte es, einen neuen Ort langsam für sich selbst zu entdecken, den kreischenden Möwen zuzuhören und ihren Rufen zu folgen. Sie würde in kleinen, schon etwas betagten Familienrestaurants Fisch und fettige Pommes mit möglichst viel Essig verspeisen, wie man sie nur dort findet.

Das Fischerdorf, in dem Monika eine Unterkunft gebucht hatte, war überschaubar: ein kleiner Hafen mit kleinen Einkaufsstraßen, ein paar Geschäfte, eine alte Kirche mit umliegendem Friedhof, Häuser.

Monikas Ferienwohnung, in die sie von einer alten Frau kurz aber herzlich eingewiesen wurde, lag friedlich in einer der Seitenstraßen vom Hafen entfernt. Die Unterkunft war einfach und am Fensterrahmen blätterte die blaugraue Farbe schon etwas ab. Aber die Herberge war zweckmäßig und hatte den Charme eines alten Hauses, das schon vieles gesehen hatte. Es roch nach Leben und nach Meer.

Als Monika allein war, legte sie ihren Koffer auf den Boden, streckte sich auf dem Bett aus und bedachte ihre Lage: Sie war vor wenigen Wochen einundvierzig geworden, ihre langjährige Beziehung war nun – endlich muss man sagen – ohne Reparaturaussicht auseinandergegangen, weil Denis „jemanden kennengelernt" hatte. Ein wichtiges Projekt war entgegen aller Erwartungen an einen neuen Kollegen gegangen, der sich vor allem dadurch auszeichnete, seine glatt-gegelten Haare gekonnt in Form zu bringen und einen karriereorientierten Aufsteigereindruck zu vermitteln, ohne wirklich etwas auf dem Kasten zu haben. Das hatte Monika zwar schnell durchschaut, aber nicht die Abteilungsleitung. Als sie angehalten war, dem Kollegen mit ihrem Fachwissen zur Seite zu stehen, hatte sie sich zwar geärgert, aber versucht, es nicht persönlich zu nehmen. Als er ihr aber alle möglichen Hilfsarbeiten aufbürdete und ihre inhaltlichen Beiträge als seine eigenen darstellte, kündigte sie kurzerhand. Dann starb in völliger Übereinstimmung der desolaten Situation auch noch ihr hochbetagter Kater, Mr. Beans. So fand sich Monika an einem Donnerstagabend in einem Weinkrampf auf die in ihrem Flur aufgereihten Schuhe niedersinkend, dabei noch ihre bei eBay ersteigerte und leider nur provisorisch angebrachte Wandgarderobe mitreißend, gewiss, dass dies der absolute Tiefpunkt ihres Lebens sei. Sie weinte aber nicht laut und ausladend, wie es sich in einer solchen Situation durchaus geziemt hätte, denn dies hätte die Nachbarn stören können und das wollte sie nicht. Die Situation war Monika auch so, gewissermaßen sich selbst gegenüber, sehr unangenehm. Dass sie in ihrer delikaten Gestalt und mit völlig aufgelöstem Haar im Chaos niedergebettet ganz entrückt und bezaubernd aussah, konnte sie freilich nicht wissen. Es war ja niemand da, der es hätte bezeugen können.

Aber das Leben war schön, zumindest war es das einmal in grauer Vorzeit gewesen und so konnte, nein, musste es wieder werden. Die Vorsehung und das Internet würden ihr schon zeigen, wo es hingehen sollte. Und nun war Monika hier.

Sie könnte hier den restlichen Tag auf dem Bett mit einer zum Glück nicht zu weichen Matratze liegen bleiben, den kreischenden Möwen zuhören und es wäre in Ordnung. An der Decke hing eine kleine, unterernährte Spinne. Kaum hatte Monika diesen Gedanken zu Ende gebracht, sprang sie auf, warf ihre Sachen auf dem Weg ins Badezimmer von sich und stieg in die Dusche, um ihr altes Leben abzuwaschen, wobei sie den Kopf wegen der Deckenschräge etwas einziehen musste. Als sie zwischen Eisbad und Verbrennungsgefahr auch noch die richtige Temperatureinstellung gefunden hatte, fühlte sich das Ganze einfach wunderbar an.

Als Monika dann in ein großes Badetuch gehüllt vor ihrem Koffer stand, musste sie feststellen, dass der Reißverschluss klemmte. Erst nach drei Versuchen und mit großem Fingerspitzengefühl ließ sich der Koffer schließlich unter dem gewohnten Surren öffnen. Zu ihrer großen Überraschung offenbarte sich jedoch ein anderer Grundriss der gepackten Sachen als sie erwartet hatte. Wie konnte das sein? Monika schloss kurz die Augen und öffnete sie wieder. Aber der Koffer war immer noch fremd, zumindest der Inhalt. Bei genauerer Betrachtung stellte sie fest, dass der Koffer im

Modell zwar identisch mit dem ihrigen war, es sich aber durchaus um einen anderen Koffer handelte.

„Nein. Das glaube ich jetzt nicht", sagte sie zu sich selbst, während sie glitzernde, mit blauen Pailletten besetzte Sommerschuhe sah, einen leichten weißen Schal und einen fast blendend pinkfarbenen Mohair-Pullover. Vom nagelneuen Beautycase ganz zu schweigen. Der Inhalt des Koffers schien eher für einen Urlaub am Mittelmeer geeignet als für Schottland. Eine Einmal-Kleinbildkamera war auch dabei. Und ein kleiner Sonnenschirm mit weißer Rüsche. Alles schien nagelneu zu sein. ‚Sieht eher aus wie ein Requisitenkoffer für ein Fotoshooting', dachte Monika. Natürlich bedeutete das zwangsläufig auch, dass ihre eigenen Sachen nicht hier waren, sondern wahrscheinlich nun irgendwo am Mittelmeer. „Die Frau wird sich bedanken", lachte Monika. ‚Wenn sie meine alten Jeans, meine Wollpullis, Funktionsunterwäsche und meinen Waschbeutel von 1997 sieht, fällt sie wahrscheinlich in Ohnmacht. Muss ja ein ziemliches Püppchen sein'. Monika probierte das Parfümfläschchen, welches in dem nagelneuen Beautycase verstaut war. Es verströmte einen blumigen Duft, der aber ganz angenehm war. Zum Glück hatte Monika keine Wertsachen eingepackt und ihre mysteriöse Kofferpartnerin auch nicht, daher hielt sich der Schreck noch in Grenzen. Trotzdem: Der Gedanke, dass ihre persönlichen Sachen nun von einer wildfremden und wahrscheinlich auch noch peniblen Person ebenso erstaunt betrachtet würden, erfüllte Monika mit einem Schauer. Vielleicht hätte sie doch vor einiger Zeit zumindest ihre alten Jeans aussortieren sollen. Und ihre alte, ausgedellte Trinkflasche. Wie unangenehm. Aber damit rechnet ja keiner, wenn man allein nach Schottland fährt. Interessiert ja auch eigentlich niemanden.

Sie müsste zurück zum Flughafen, würde sich dort erkundigen, ob ein gleich aussehender Koffer dort abgegeben worden war und müsste dann damit wieder mit dem Taxi hierher zurück. Was aber, wenn ihr Koffer es gar nicht bis auf die Insel geschafft hatte, sondern bereits in Edinburgh verwechselt worden war, was viel wahrscheinlicher war? Dann könnte sie trotzdem den falschen schlecht wieder mitnehmen. Dann hätte sie gar nichts – hier, mehr oder weniger im Outback, in einem Ort mit drei oder vier Geschäften. Das wäre eine ganz andere Herausforderung.

Widerwillig schlüpfte Monika vorerst wieder in ihre eigenen Sachen. Morgen früh würde sie am Flughafen anrufen und herausfinden, ob eine Chance bestand, ihren eigenen Koffer wieder zu bekommen. Einstweilen würde sie den fremden Koffer behalten. Und schauen, ob sie in den Geschäften einige nötige Kleinigkeiten erstehen konnte, die ihr über die ersten Tage hinweghelfen würden.

‚Was mochte das nur alles bedeuten?‘, dachte Monika, während sie durch den kleinen Ort schlenderte und Toastbrot, Marmite, Butter und zwei Zitronen kaufte. Sie liebte es, sich in Gedanken an die Vorsehung zu verlieren, um jenem Geheimnis auf die Spur zu kommen, das ihr Leben mal mehr und mal weniger umwehte. Sie versuchte in allem einen tieferen Sinn zu entdecken, was zuweilen an Aberglauben grenzte. Oder war es doch alles Zufall? War es eine Laune des Universums und seiner wie auch immer gearteten Gesetze, dass es die Erde gab, die Menschen und alles um sie herum? Oder gab es nicht doch etwas wie Fügung? Wie schön wäre es doch! So ganz einer höheren Macht anvertrauen mochte sich Monika aber dennoch nicht, denn wer konnte wissen, wohin das führen würde.

Mit diesen Gedanken im Sinn brachte sie ihre bescheidenen Einkäufe in ihre Unterkunft. Dann – als Gruß an welche Vorsehung auch immer – nahm sie den weißen Schal aus dem Koffer sowie einen schlichten, aber schönen Armreif (sie würde beides sehr sorgsam behandeln und später selbstverständlich wieder zurücklegen) und ging in das einzige Pub des Ortes.

Dort war einiges los. Vom Lautstärkepegel zu urteilen, bestand das Publikum vor allem aus Einheimischen, die sich zum Feierabend trafen, um Fußball zu schauen und über das Neueste zu reden. Als sie eintrat, zog sie einige Blicke auf sich, wie es oft in Kneipen kleiner Orte der Fall ist; die Leute wandten sich aber bald wieder ihren Gesprächen zu. Monika bestellte ein Pint Bier und ein obligatorisches „Fish and Chips" mit Erbsenpüree bei einem jungen, blassen Lockenschopf, der aussah, als könnte er Jane Austen aus dem Kopf rezitieren. An der Wand hinter dem Tresen waren noch weitere Köstlichkeiten mit Kreide auf einer Tafel aufgeschrieben, einige waren auch schon weggewischt.

Mit ihrem Bier ging Monika an einen der letzten freien Tische in einer Ecke, möglichst weit weg von der Bar und von der Fußballfraktion. An den Wänden, die mit dunklem Holz getäfelt waren, hingen historische Fotos von diversen Fischkuttern und früheren Handwerksbetrieben, auch ein paar Kupferstiche und alte Werbeschilder: Eine Absinth trinkende, voluminöse Schönheit aus Emaille hielt ein entsprechendes Gläschen mit grazilerer Pose, während der feine Träger ihrer ohnehin etwas spärlichen Bekleidung jeden Moment von der Schulter zu gleiten schien, was aber nichts machte, da ihr völlig übertrieben langes, rot flammendes Haar mehr oder weniger ihren ganzen Körper umrahmte. Die nicht sehr hellen Lampen des Pubs waren wahrscheinlich bereits hier installiert worden, als es erstmals Strom gab. Von der Farbe der Decke nach aus zu urteilen, konnte es gut sein, dass das Pub auch noch Kerzenlicht gesehen hatte. Herrlich, so etwas ließe sich nicht imitieren.

Monika wurde von einem „Entschuldigung, ist hier noch frei?" unterbrochen. Ein Mann um die fünfzig schaute sie an. Von seinem Aussehen aus zu urteilen, schien er auch kein Einheimischer zu sein und suchte wahrscheinlich ebenfalls eine eher ruhige Ecke.

„Ja, bitte."

„Danke." Der Neuankömmling zog einen Stuhl etwas beiseite und ließ sich mit seinem Cidre nieder, durch seine Art kundtuend, dass er nicht vorhabe, Monika in ein Gespräch zu verwickeln. Er wirkte weder besonders freundlich noch unfreundlich, eher wie jemand, der gleich aufstehen und eine Rede halten wollte. Auffallend schlank. Sein Profil war markant, aber noch angenehm. ‚Bestimmt verheiratet', dachte Monika, wobei sie sich ärgerte, gleich auf so etwas zu achten – war das denn wichtig? Sie war ja hinter niemandem her. Jedenfalls trug der Mann keinen Ehering.

Ihr Essen kam. Erst jetzt merkte Monika, wie hungrig sie war.

„Sieht gut aus", bemerkte der Fremde beiläufig. Irgendwas an ihm kam Monika seltsam vor. Sie wusste nur nicht, was. Wahrscheinlich hatte er ebenfalls nur Hunger.

„Schmeckt auch gut", erwiderte sie, nachdem sie den ersten Happen probiert hatte. Er bestellte dasselbe. Und vertiefte sich in einen Reiseführer, wobei man den Eindruck haben konnte, dass dies nur pro forma geschah. Vielleicht war er ja etwas verlegen. Monika tat so, als würde sie in ihrer Tasche etwas suchen, damit man nicht sehen konnte, dass sie schmunzeln musste. ‚Meine Güte, ist das albern', dachte sie. Sollte sie die Initiative ergreifen? Nein, warum eigentlich. Sie wollte doch gar nichts. Immer war sie diejenige, die meinte, irgendetwas regeln zu müssen. Fast zwanghaft war das. Es kam sicher vom Job her. Sie bemühte sich, beim Essen nicht zu gierig zu wirken, aber auch nicht zu damenhaft. Also so normal, wie es irgend nur ging.

„Und – steht da etwas drin über diesen Ort hier?", fragte sie nun doch, ehe sie es verhindern konnte.

Der Mann schaute kurz überrascht zu ihr, blätterte ein bisschen und las aus dem Reiseführer vor: „Geheimtipp. Kleiner, malerischer Fischerort mit langer Kunsthandwerksgeschichte. 1.300 Einwohner. Zwei Pubs, drei Cafés, Kirche aus dem 13. Jahrhundert. Leuchtturm, der nicht mehr in Betrieb ist. Das eine Pub muss inzwischen zugemacht haben." Monika nickte zustimmend, während sie versuchte, einiger der widerspenstigen Pommes in ihrem Mund Herr zu werden.

„Und Drehort einiger Filme", ergänzte er.

„Welcher denn?"

„Das steht nicht drin. Der Reiseführer ist auch schon ein paar Tage alt."

Monika nickte. Weiter gab es nichts zu sagen.

An der Fußballfront wallte der Geräuschpegel auf und ab wie Ebbe und Flut. Monika tat so, als würde sie mit einem Auge das Spiel inhaltlich mitverfolgen.

Nun kam das Essen des Mannes, der ihr nun nicht mehr ganz so fremd vorkam. Mit einigem Zurechtrücken der

Gewürze und Barbecue-Soße fand es ebenfalls auf dem Tisch Platz.

„Guten Appetit."

„Danke!"

Eigentlich war es sehr schön, nicht allein essen zu müssen.

„Ist es zu vermessen zu fragen, was Sie hierher verschlägt?", fragte er sie.

„Ich habe mir eine Auszeit genommen."

„Wovon?"

„Von allem."

„Das klingt viel."

„Ist es auch – und Sie?"

„Ich auch."

„Von allem?"

„Nicht ganz. Ich hatte einen Vortrag in St. Andrews. Aber mein Flieger hatte Verspätung, dass der Vortrag ausfallen musste. Ärgerlich."

„Und da sind Sie hierhergekommen. Das ist ja auch nicht der nächste Weg."

Der Mann zögerte. „Ich war sowieso unterwegs und wollte hernach hier ein paar Tage verbringen."

„Und warum gerade hier?", fragte Monika nach einer Weile weiter.

„Steht alles in dem Reiseführer."

Monika fand das etwas seltsam. Aber dass sie hier war, konnte ihm ebenfalls seltsam erscheinen.

„Ihr Schal steht Ihnen ausgezeichnet, wenn ich das so sagen darf."

„Dürfen Sie." Monika musste innerlich schmunzeln, weil es ja gar nicht ihrer war – und auch nicht ihr eigentlicher

Geschmack. Aber er gefiel ihr inzwischen sehr gut. „Was referieren Sie denn so?"

„Wie bitte? Ach so, wegen des Vortrags. Geologie. Eine sehr aufregende Wissenschaft, wenn man Gesteinsmassen mag."

Monika schmunzelte, aber hielt sich mit raschen Bemerkungen zurück.

„Ist der Ort denn geologisch interessant?"

„Geht so. Er ist nicht sehr überlaufen. Ehrlich gesagt, ist es das, was mir gut gefällt."

„Verstehe."

Sie aß ihr letztes Erbsenpüree auf und merkte, wie er sie regelrecht von der Seite musterte. Als sie ihn anschaute, wich er etwas zurück.

„Wann sind Sie denn angekommen?", fragte sie ihn. „Sie haben ja schon eine Menge gesehen."

„Ähm, gerade vorhin."

Monika staunte nicht schlecht. „Ich bin heute Mittag gekommen", erwiderte sie. Ob sie ihm von ihrem Koffererlebnis erzählen sollte? Lieber nicht, es ging niemanden etwas an. Sie redeten noch über dieses und jenes. Nach einer Weile erschien es Monika angebracht zu gehen. Sie verabschiedeten sich, wünschten sich alles Gute – verbunden mit dem Hinweis, dass man sich vielleicht noch einmal in diesem kleinen Ort begegne. Und übrigens, er hieße Adrian. „Angenehm, ich bin Monika."

Was ihr an dem Mann gefiel war, dass er irgendwie förmlich war, aber dennoch ganz natürlich.

Monika schlief bei offenem Fenster und genoss den ungewohnten Klang ihres neuen, wenn auch nur vorübergehenden Domizils: der Möwen und des Wassers, träumte von Fischen, Inseln und Blau. Viel Blau.

*

Am nächsten Morgen machte sich Monika erst einmal einen Instant-Kaffee und brach dann direkt zur Kirche auf, mit einem Umweg am kleinen Hafen entlang. Der Morgen war hier so anders als in der Großstadt. Sie mochte, wie die meist nicht mehr neuen Boote auf dem Wasser tanzten und schaute zu, wie einige beladen und entladen wurden.

Die Kirche war alt und recht klein, Monika meinte einen normannischen Einfluss ausmachen zu können. Der Ort lud zum Verweilen ein. Monika mochte auch die alten Grabsteine, die schräg und zum Teil fast vollständig umgefallen auf dem unebenen Friedhof um die Kirche standen. Viele der Inschriften waren kaum noch zu lesen, einige reichten bis ins 16. Jahrhundert zurück. Was diese Menschen hier wohl erlebt hatten? ‚Ihr Leben muss sehr anders gewesen sein als heute', dachte sie. Viele starben jung und wahrscheinlich nicht unbedingt glücklich. Und wahrscheinlich war das normal. Die Menschen hatten keine überschwänglichen Erwartungen und machten einfach das Beste aus dem, was sie hatten. Sie hatten sicher ein gesundes Erwartungsmanagement wie man heute sagt.

Ihre Gedanken schweiften über den Friedhof hinaus zur dahinter liegenden Weide landeinwärts, den Hügel darüber, und an den Ort, der sich möglicherweise dahinter verbergen mochte, und schließlich zum gestrigen Abend und dem Gespräch mit Adrian, den sie im Grunde gar nicht kannte, der ihr aber dennoch momentan als der nächststehende Mensch erschien. ‚Komisch, wie schnell sich so etwas ändert.' Denn soweit war ihr Alltag hinter sie zurückgetreten:

18

Dennis, die alte Arbeit, das Projekt, das ihr vor kurzem noch so viel bedeutet hatte. Wo mochte ihr Kater jetzt sein? Schnurrte er im Katzenhimmel vor sich hin und dachte ein wenig mit halbgeschlossenen Augen an sie? Monika dachte an Entscheidungen, die vielleicht ihr Leben geprägt hatten, ohne dass sie es damals geahnt hätte, Chancen, die sie besser hätte nutzen sollen. Aber sind solche Überlegungen am Ende nicht alle Quatsch?

Irgendetwas war seltsam an Adrian und Monika wusste nicht genau, was. Er wirkte nicht wie jemand, der normalerweise aufgeschlossen war. Aber im vollen Pub fängt man schon einmal ein Gespräch mit jemandem an. Wie er sie ab und zu von der Seite angeschaut hatte, das war wirklich eigenartig gewesen. Es passte nicht zum Rest seines Auftretens. ‚Wahrscheinlich hat es sich sowieso erledigt und ich werde es nie erfahren', dachte sie. Aber es war doch nett gewesen. Nein, nicht, was man dann vielleicht gleich denken mag – wie die Leute in einem Zugabteil, die gleich zu schmunzeln anfangen, nur weil eine Frau und ein Mann sich unterhalten. Meine Güte. Er war einfach *nur so* nett.

Monika schlenderte langsam vom Friedhof zurück in Richtung Ortsmitte und Hafen. Sie genoss den Luxus, nach Lust und Laune irgendwo einkehren zu können, die Zeit zu haben, das zu tun, wonach ihr gerade war, auch wenn es nichts Außergewöhnliches war.

Im Café „Arche", das mit selbst hergestellten Marmeladen, kleinen Suppen und Pasteten warb, ließ sich Monika an einem Tisch am Fenster nieder, von dem man den kleinen Hafen überschauen konnte. Sie bestellte einen großen Milchkaffee und eine kleine Suppe mit Brot dazu. Die Portionen waren sehr großzügig bemessen. Als Monika einmal von ihrer Suppe aufschaute, sah sie, wie Adrian am Café vorüberging. Er wirkte sehr ernst und noch schmaler als gestern. Wie auf einen unsichtbaren Impuls hörend, hielt er vor dem Café an und studierte die Karte neben dem Eingang. Dann schaute er, wie nach Anhaltspunkten suchend, ob dies der richtige Ort für ein Mittagessen sei, durchs Fenster. Es dauerte einige Sekunden, ehe er Monika sah und erkannte. Sie zeigte mit einem gekonnt aufgesetzten Werbegesicht und aufgerissenen Augen auf ihre übergroße Suppenterrine. Adrians Gesicht hellte sich plötzlich auf und ein leichtes Erröten überfiel ihn, wie es bei Menschen der Fall ist, die plötzlich merken, dass man sie beobachtet hat. Er betrat das Lokal und setzte sich – nach entsprechender Einladung – zu Monika.

„Wie geht's? Ich sehe, Sie sagen wieder den Kostbarkeiten der schottischen Küche zu?" Er legte seinen Schal und seine Jacke mit so einer Leichtherzigkeit ab, wie es Menschen zu eigen ist, die sich auf etwas freuen.

Monikas Herz schlug etwas höher. „Ich koste vor – wie gestern", erwiderte sie in gleicher unbeschwerter Art. „Die Suppe ist sehr zu empfehlen."

Die Frage des Kellners, ob Adrian die Karte zu sehen wünschte, bejahte er. Monika schaute ihn an und da war er wieder, der Mann von gestern, der einfach so nett war, aber auch sonderbar. Er freute sich, das merkte Monika ihm an.

„Diese Pasteten hier scheinen auch nicht schlecht zu sein", stellte er fest. Er bestellte einen Käse-Spinat-Auflauf mit Salat dazu.

„Sie hatten Recht mit der Kirche, sie ist wirklich schön", sagte Monika.

„Waren Sie drin?"

„Ich habe nur kurz reingeschaut. Aber ich gehe bestimmt noch einmal hin." Adrian schaute nach unten. Dann fragte er: „Warum, sagten Sie, sind Sie hier? Ich meine hier im Ort?" Dabei machte er eine Kopfbewegung zum Meer hin.

„Ich habe meinen Job gekündigt, meine Beziehung ist kaputt gegangen und mein Kater ist gestorben", erzählte Monika faktisch und nahm einen Schluck Kaffee, wobei ihr Gesicht zum Teil in der fast leeren, mit Milchschaum ausgekleideten Tasse verschwand.

„Das Leben spielt einem manchmal böse Streiche.", bemerkte Adrian ernst.

Monika seufzte etwas verächtlich und schaute aufs Meer, dessen Wogen im Sonnenschein glitzerte. „Sie müssen mich nicht trösten."

„Will ich auch nicht. Aber wären Sie sonst hier?"

„Nein, bestimmt nicht. Ich würde jetzt an meinem Schreibtisch sitzen oder in einem Projektmeeting und irgendwelche Statusberichte besprechen."

Adrian fragte nicht nach. Er schien etwas Bestimmtes sagen oder fragen zu wollen, zögerte aber. Er sah ihr direkt in die Augen.

‚Hoffentlich kommt er jetzt nicht mit irgendeinem Schicksalsgefasel', dachte Monika. Das mochte sie gar nicht, das war eine Masche, die schon viele Männer an ihr probiert hatten. Das würde sie ernsthaft enttäuschen, selbst wenn sie selber an die Vorsehung glauben würde.

Adrian sagte aber nichts. Sein Essen kam. Monika blickte aufs Wasser und beobachtete die Möwen, die mit ihren eleganten, aber schon leicht gedrungenen Körpern geschickte Flugmanöver vollbrachten.

„Man könnte sich glatt daran gewöhnen hier zu sein, finden Sie nicht?", meinte Adrian, nachdem er ein paar Happen zu sich genommen hatte.

„Ja, aber man macht es am Ende dann doch wieder nicht", gab Monika zu bedenken.

„Kommt darauf an. Es gibt einige Leute hier, die dageblieben sind. Der Inhaber des kleinen Gemüsegeschäfts hier am Hafen zum Beispiel." Adrian wies mit dem Kopf in die entsprechende Richtung.

„Woher wissen Sie das?"

„Er hat es mir erzählt."

Monika überschlug kurz im Kopf, was das in ihrem Fall bedeuten würde: ihre Wohnung aufgeben, sich hier wahrscheinlich eher mühsam versuchen, eine Existenz aufzubauen. Allerhand bürokratischen Aufwand würde es ebenfalls bedeuten. „Warum sagen Sie das? Möchten Sie hierbleiben?"

Adrian dachte kurz nach. „Ich bewundere Menschen, die nicht vor Umständen zurückschrecken, um ihr Leben zu leben, wie sie es für richtig halten. Ich glaube, das ist es, was mir an dem Gedanken gefällt."

Monika nickte zustimmend, immer noch die Möwen beobachtend. „Das kann ich verstehen."

Ein Fischkutter legte am Hafen an. Die beiden folgten dem Geschehen aufmerksam.

Adrian nahm sein Portemonnaie aus seiner Tasche, entnahm eine kleine spitze Nagelfeile, dessen Schaft mit Perlmutt besetzt war. Monika schaute etwas überrascht. „Was habe ich denn hier gemacht?", murmelte Adrian eher für sich, wobei er seine linke Hand anschaute, sich entschuldigte und sich anschickte, die Nagelfeile unter dem Tisch ihrer Bestimmung zuzuführen. Er hatte schöne Hände, fiel Monika dabei auf. Sie wunderte sich etwas, denn genau eine solche Nagelfeile hatte ihr Tante Gertrud vor Jahren geschenkt. Eigentlich taugte sie nicht mehr viel, aber sie war hübsch und für Reisen allemal ausreichend. Komisch, dass noch mehr von diesen Dingern kursierten, denn sie war ziemlich einzigartig. Monika hatte ihre nicht dabei, denn sie war in ihrem Koffer gewesen. Genau. In ihrem Koffer, der jetzt in irgendeinem Hotelzimmer am Mittelmehr stand. Am Mittelmeer. Adrian brauchte ziemlich lange, fand Monika. Sie schaute unauffällig zu ihm herüber, denn sie fand die Situation etwas unangenehm. Für sie gehörten solcherlei Dinge in jene Form von Privatsphäre, die mit Badezimmer-Angelegenheiten verbunden ist. Er verzog sein Gesicht und Monika war sich nicht sicher, ob er einfach nur sein Gesicht verzog oder ob er unfreiwillig schmunzeln musste. ‚Meine Güte, können Männer eitel sein', dachte sie.

Es dauerte eine Weile, bis eine bestimmte Information, die Nagelfeile und ihren Koffer betreffend ihren Weg in Monikas Bewusstsein fand. Monika schloss geschockt die Augen. Konnte es sein ... dass es wirklich ihre eigene Nagelfeile war? Aber wusste das Adrian? Hatte er am Ende ihren Koffer ... mit ihren alten Jeans und ihren alten Sachen? Hieß das, dass ihr jetziger Koffer eigentlich ihm gehörte? Mit neuen Frauenkleidern darin? Obwohl er allein reiste? Zu einem geologischen Vortrag? Das konnte nicht sein. ‚Oh, nein, das ist alles nicht gut', dachte sie. Sie hatte nichts gegen Männer, die heimlich Frauenkleidung trugen – im Gegenteil. Das legte ihrer Ansicht nach nahe, dass Adrian kein Macho war, auch kein versteckter. Aber die Schuhe aus dem Koffer waren dennoch nicht seine Größe, wie sie sich mit einem kurzen Blick unter den Tisch vergewisserte. Egal. Und selbst wenn es so gewesen wäre, wusste er dann, dass sie seinen Koffer hatte? Vielleicht. Sie hatte im Pub den Schal getragen, zu dem er ihr Komplimente gemacht hatte und sie hatte das Armband angelegt, das er aber vielleicht gar nicht gesehen hatte.

Oh nein, war das jetzt unangenehm. Sie könnte so tun, als wüsste sie von nichts. In ihrem Koffer waren keine Dinge, auf denen ihr Name stand. Ihr wurde plötzlich warm, sehr warm.

„Alles in Ordnung bei Ihnen?" Adrian hatte endlich seine Maniküre beendet. Monika nickte nur leicht, ohne ihn dabei anzuschauen. Sie wollte sich nichts anmerken lassen, bevor sie alles zu Ende gedacht hatte. Sie würde für den Moment so tun, als wäre nichts. Es konnte wirklich sein – es war ja auch das wahrscheinlichste, dass Adrian überhaupt nicht Monikas unfreiwilliger Kofferverwechslungspartner war. Es wäre auch das Beste.

Aber wenn es doch so wäre, würde es erklären, warum er sie ständig so komisch von der Seite anschaute.

„Die Sonne wird mir ein wenig stark im Moment", sagte sie, während sie ihren Stuhl etwas zurücksetzte und mit einem Taschentuch ihre Stirn abwischte. „Ich glaube, ich gehe jetzt." Sie blinzelte ihn an, obwohl sie gar nicht wirklich geblendet war und gab dem Kellner ein Zeichen. Adrian schaute sie überrascht an.

Er war es. Kein Zweifel. Monika wusste es jetzt einfach mit einer Sicherheit, die nicht logisch zu erklären war. Adrian sagte nichts und schaute aufs Wasser. Theoretisch könnte sie ihn direkt fragen. Es war ja nicht schlimm. Für ihn musste es eigentlich noch viel peinlicher sein. Aber sie wollte es gar nicht wissen.

„Geht die Rechnung zusammen oder getrennt?", fragte der Kellner.

„Getrennt, bitte.", erwiderte Monika hastig, wobei sie in ihrer Tasche nach ihrem Geldbeutel kramte und schnell bezahlte. „Ich hoffe, ich habe Sie nicht verschreckt", sagte Adrian etwas besorgt, während auch er seine Rechnung beglich.

„Nein, nein", erwiderte Monika und schickte sich an zu gehen.

„Ich gehe zum Leuchtturm.", sagte Adrian seelenruhig und setzte seine Sonnenbrille auf. „Kommen Sie doch mit, wenn Sie möchten." Monika zögerte. Ihr war das alles so unangenehm. Andererseits konnte sie schlecht wegrennen. Schließlich interessierte sie die Koffersache zu sehr. Vielleicht täuschte sie sich tatsächlich. Außerdem hatte sie nichts zu verbergen. Sie hatte den anderen Koffer ja nicht gestohlen, sondern nur den Schal angezogen. Und das Armband. Und das nur leihweise. Außerdem fand sie Adrian interessant.

Monika und Adrian gingen vom Café ein Stück an der Straße entlang, dann hinunter zu einer schmalen Uferpromenade, die sich über einige Kilometer am Wasser entlang erstreckte. Inzwischen zogen klar umrissene Wolken auf; die Sonne kam und verschwand im Minutentakt. Langsam erholte sich Monika von ihrem Schreck. Adrian erzählte ihr über die Geschichte des Ortes und der Gegend und über archäologische Funde.

„Steht das alles in Ihrem Reiseführer?", fragte sie ihn.

„Nein."

„Sie kommen wohl öfter her?"

Adrian blieb stehen und schaute sie an. „Alle paar Jahre. Aber hier verändert sich nicht so viel, das ist schön."

Sie gingen weiter. Monika dachte nach. Sollte sie ihn ansprechen? Oder würde er sie ansprechen? Oder sollte sie es lassen, abwarten? Oder hatte sie sich doch getäuscht? Immer war alles so ungewiss. Nicht nur jetzt, sondern in ihrem ganzen Leben. Sie war es leid.

Der Leuchtturm kam in Sicht. Von der Strandpromenade führte ein kleiner Pfad direkt zum Aufgang. Monika stieg hinter Adrian die schmalen, steilen Stufen hinauf.

Oben zog ein heftiger Wind, dass man sich kaum verständigen konnte. „Von hier oben aus hat man eine schöne Sicht", rief er ihr zu. Sie standen auf einer runden Plattform mit Metallboden, die nach außen mit einem Geländer versehen war und in deren Mitte eine alte Leuchtanlage eingelassen war, die mit einer runden Kuppel verglast war. Der Ausblick auf das Meer war herrlich. In einiger Entfernung stürzten sich Seetölpel kopfüber ins Wasser.

Monika spürte in sich hinein. Wenn sie ihn fragen wollte, dann hier und jetzt, dachte sie, während sie mit Adrian auf der Plattform umherging und er ihr laut einige geologisch relevante Punkte erklärte, die weit weg lagen und die man nur von hier sehen konnte – und auch nur, wenn man genau wusste ‚wo'. Sie hörte ihm zwar zu, aber eher nur um zu entscheiden, wann der richtige Moment wäre, Adrian mit der Wahrheit zu konfrontieren.

Als er eine Pause machte und der Wind für einen Moment abflaute, fragte sie ihn geradezu: „Jetzt rücken Sie mal raus mit der Sprache – was führt Sie wirklich hierher?"

Er schaute sie überrascht an. Damit hatte er wohl nicht gerechnet. Monika bekam kurz einen Schreck, falls sie doch falsch lag, und wartete ab. Er schaute sie immer noch an. „Haben Sie vielleicht einen orangefarbenen Koffer, der nicht Ihnen gehört?", fragte sie weiter. Der Wind schien gemerkt zu haben, dass sie eine unsichtbare Grenze überschritten hatte und brauste neu auf, wobei ihre Haare ihm fast ins Gesicht wehten.

„Ja – und wenn mich nicht alles täuscht, haben Sie meinen!", rief Adrian. Monika nickte. Das gefiel ihr. Schluss mit dem Versteckspiel. Es war gut, dass es nun wieder heftig zog und man sich mehr oder weniger anschreien musste. Das machte das Ganze etwas weniger persönlich, obwohl das natürlich nur Einbildung war.

„Möchten Sie Ihren Koffer zurück?", rief sie Adrian zu.

„Nicht unbedingt."

„Warum nicht? Sind doch schöne Sachen drin!" ‚War das zu direkt?', zensierte sich Monika in Gedanken gleich selbst. Sie wollte Adrian auch nicht zu nahetreten.

Aber dieser blieb ernst und verzog keine Miene: „Ich weiß. Ich habe mir bei der Auswahl viel Mühe gegeben."

Monika wartete ab.

„Für wen sind die Sachen?", fragte sie, als nichts nachkam.

„Für jemanden, der schon lange tot ist."

„Was?!"

Adrian musste wider Willen über Monikas entsetzten Gesichtsausdruck schmunzeln. „Meine Therapeutin hat mir das aufgedrückt. Ich wollte das eigentlich nicht."

„Ganz schön krass, wenn Sie mich fragen!"

„Fand ich auch. Nennt sich aktive Trauerbewältigung oder so ähnlich."

Monika war sprachlos.

Adrian machte eine Bewegung, die irgendwo zwischen Nicken und Achselzucken anzusiedeln war und schaute wieder aufs Meer. Die Möwen ließen sich im Wind treiben und genossen es sichtlich.

So standen sie eine kleine Weile zwischen ihren Fragen mit wehendem Haar auf einem Leuchtturm an einem schottischen Inselzipfel.

„Sollen wir wieder runter gehen?", fragte Adrian Monika nach einer Weile. Sie nickte und ging als Erste die Stufen wieder hinab. Sie war erleichtert, dass die Koffersituation nun klar war und dass sie den Mut gefunden hatte, direkt zu fragen. Gleichzeit wollte sie mehr wissen, was es mit der „aktiven Trauerbewältigung" auf sich hatte.

„Lassen Sie uns hier entlanggehen", schlug Adrian am Fuße des Leuchtturms vor und wies auf einen Pfad, der vom Turm und vom Wasser weg zunächst bergauf in Richtung eines kleinen Fichtenwäldchens führte und in einem Bogen wieder auf den Ort zulief, wie es Monika von oben bereits gesehen hatte. Sie stimmte zu. Ihre Unsicherheit Adrian gegenüber war nun ganz verflogen.

Wie sie gehofft hatte, fing er von selbst an zu erzählen. „Es ist schon so lange her, aber es kommt mir gar nicht so vor." Er zögerte. „Sind Sie sicher, dass Sie sich das anhören wollen?"

Monika nickte ernst.

„Vor fünfzehn Jahren lernte ich eine Frau kennen, über einen gemeinsamen Freund – der romantische Klassiker, wenn man so will. ... Jedenfalls wusste ich: Sie war die Richtige. Sie oder keine! Wie soll ich sagen, wir haben nicht viel Zeit verschwendet. Nach drei Monaten kamen wir hierher, um Urlaub zu machen. Sie erinnern mich ein wenig an sie.

Ach, was erzähle ich hier eigentlich... " Adrian blieb stehen.

„Ich machte ihr hier einen Heiratsantrag."

„War es hier?" Monika deutete zurück auf den Leuchtturm und auf den Weg, der nun zum Teil hinter ihnen lag.

„Nein ... An der Kirche."

„Und?"

„Sie sagte ‚Ja' und wir waren außer uns vor Glück."

„Und dann?"

„Einen Monat später starb sie bei einem Autounfall." Adrian fiel es offensichtlich immer noch schwer, darüber zu reden und schaute nach unten. Monika machte sich bewusst, dass sie weder wirklich ihn noch die Frau kannte und dass das Vertrauen, das er ihr entgegenbrachte, einzig und allein der Tatsache geschuldet war, dass sich ihre Koffer zum Verwechseln ähnlich sahen. Sie wollte ihn gern trösten, aber ohne selbst in einen Strudel von Gefühlen zu geraten. Die Situation konnte genauso gut aus einem Film sein, den sie Rotwein trinkend zuhause vorm Fernseher sitzend sah und dessen Glaubwürdigkeit zu bewerten ihr schwerfallen würde. Aber solche Dinge passierten tatsächlich – nur meist nicht Leuten, denen man persönlich begegnet.

„Das tut mir leid."

„Entschuldigen Sie bitte, wenn ich Ihnen meinen Ballast aufbürde."

„Nein – bitte!" Monika berührte Adrian leicht im Affekt.

„Sie können es mir ruhig erzählen. Vielleicht hilft es ja."

Er schaute sie dankbar an. „Deshalb komme ich alle paar Jahre hierher.", fügte er hinzu.

„Das muss sehr schwer für Sie gewesen sein."

Er zögerte und schaute Monika an, als würde er abwägen, ob er noch weiterreden sollte. Sie nickte ermutigend.

„Ich war wie betäubt, bin an manchen Tagen kaum noch aus dem Bett gekommen. Damals wusste ich nicht, was es mit Depressionen auf sich hat."

„Verstehe."

Sie gingen weiter.

„Wissen Sie, wie es ist, wenn die Gespräche im eigenen Kopf nicht mehr aufhören?"

Monika erwiderte nichts. Der Himmel war jetzt ganz mit Wolken bedeckt, die in unterschiedlichen Blau- und Grautönen von einer fernen Sonne durchleuchtet wurden.

„Ich stellte mir vor, wie glücklich wir gewesen wären", erzählte Adrian weiter, „ich stellte mir sogar vor, wie wir uns um Kleinigkeiten gestritten und wieder vertragen hätten. ... Irgendwann konnte ich es nicht mehr abstellen." Monika schwieg weiter wie ein routinierter Interviewer, der nur durch nonverbale Signale sein Gegenüber zum Weitersprechen ermutigt.

„Irgendwann wurde es dann besser, sodass ich wieder arbeiten konnte. Ich stürzte mich regelrecht in meinen Job. Naja, so gut es ging."

„In die Welt der Gesteine", sagte Monika fast liebevoll.

„Ehrlich gesagt, glaube ich, dass es vielen Leuten so geht, aber die wenigsten den Mut haben, darüber zu sprechen."

Adrian schaute sie dankbar an. Er konnte spüren, dass Monika es wirklich so meinte.

„Man lernt damit umzugehen. Nur geht es nicht so schnell, wie man hofft."

„Aber Sie sind schon sehr weit gekommen, scheint mir. Allein schon, wie Sie darüber reden."

„Vor einigen Jahren wäre das noch undenkbar gewesen." Inzwischen hatten sie auch das Wäldchen hinter sich gelassen und befanden sich auf dem Rückweg zum Ort, der bereits in Sichtweite inmitten der bizarren, verzaubernd anmutenden Landschaft lag.

Monika setzte sich auf einen Stein. „Und was hat es nun genau mit dem Koffer auf sich? Mit der aktiven Trauerbewältigung?"

„Als ich letztens meinen Kleiderschrank aussortierte, ertappte ich mich dabei, dass ich mit Agnes sprach." Sie hieß also Agnes. Adrian setzte sich neben Monika.

„Ich glaube, es gibt Schlimmeres", sagte Monika. „So lange Agnes nicht plötzlich hinter Ihnen steht ..."

„Machen Sie keine Witze mit so etwas!"

„Entschuldigung."

„Schon okay. Jedenfalls habe ich das bei meinem letzten Termin mal angesprochen. Meine Therapeutin schlug vor, ich solle noch einmal hierherkommen, um mich von Agnes zu verabschieden. Am besten irgendwie physisch. Es müsse ja keiner erfahren."

„Daher der Koffer mit den Sachen."

„Ja. Damit sich der Kreis endlich schließt."

„Und dann komme ich mit meinen alten Socken in die Quere", bemerkte Monika kopfschüttelnd, während sie nach unten schaute und meditativ einem Käfer, der auf den Rücken gefallen war, mit einem dicken Grashalm wieder auf die Beine half.

„Sie können es sich gar nicht vorstellen", sagte Adrian leise, ohne Monika anzuschauen. Seine Stimme zitterte etwas.

„Mein Flieger zu spät, hier im Hotel angerufen, zum Glück noch ein Zimmer frei. Umgebucht, hingeflogen. Dann sitze ich auf meinem Zimmer und denke, ich kann den Koffer ja schon einmal aufmachen, dann gewöhne ich mich langsam an den Gedanken. Dann öffne ich das Ding langsam und komme mir etwas albern vor ... und dann ... sehe ich selbst gestrickte Pullover! Eine alte Trinkflasche... und ihr buntes kleines, wie nennt man das nochmal ... Waschtäschchen! Mit Blumen drauf! Verstehen Sie ... Dinge von jemandem ... jemandem ... der lebt!" Die letzten Worte konnte Monika kaum verstehen. Adrian hielt sich beide Hände vor sein Gesicht und rang mit den Tränen. „Wenn Sie wüssten, was sich das angefühlt hat!" Dann war es mit seiner Selbstbeherrschung vorbei und er weinte ganz bitterlich.

Monika wusste nicht, was sie sagen sollte. Sie legte nur ihre Hand behutsam auf seine Schulter. In ihr selbst stieg eine Traurigkeit hoch, deren genaue Herkunft sie nicht ausmachen konnte. Aber sie war gewaltig. „Das tut mir so leid", brachte sie selbst nur mit Mühe und Not heraus.

Adrian aber schüttelte den Kopf. „Nein, Sie verstehen nicht. Es war wie ein Wunder. Ich konnte es nicht fassen. Es war so ... so ... so unverhofft!" Jetzt war es auch mit Monikas Beherrschung mitsamt ihren Beratungsvorsätzen vorbei und sie musste feststellen, dass in solchen Situationen eine flache Atmung nur bedingt hilfreich ist. Unkontrollierbare Schluchzer brachen plötzlich aus ihrem Innersten hervor, die noch schlimmer und erstickungsgefährdeter klangen, als es sonst der Fall gewesen wäre. Aber so war es nun. Monika hatte ja die Wahrheit wissen wollen.

„Ich glaube, Sie haben eine ähnliche Kleidergröße", ließ sich Adrian zwischendurch vernehmen, worauf Monika nur heftig nickte und beide noch mehr weinten.

Als sie sich schließlich beruhigt hatten, fragte Monika Adrian, woran er sie erkannt habe. Wie sie vermutet hatte, war es der Schal gewesen, der seine Aufmerksamkeit im Pub auf sich gezogen hatte. Erst am Tisch hatte er dann gesehen, dass Monika auch das Armband trug und hatte geschlussfolgert, sie müsse seine Kofferverwechslungspartnerin sein. Der Umstand, dass sie recht zügig ihr großes Bier trank und dazu Fisch mit mittelgrünem Erbsenpüree verzehrte, hatte ihn davon überzeugt, dass sie tatsächlich ein Mensch und nicht etwa ein Produkt seiner vielleicht nun doch völlig durchgedrehten Fantasie sei. Was ja auch stimmte.

Die Sonne war nun schon am Untergehen. Sie machten sich auf den Weg zurück in den Ort. „Was haben Sie mit den Sachen von Agnes vor?", fragte Monika. Es kam ihr etwas komisch vor, sich nun noch zu siezen. Aber es fühlte sich dennoch richtig an.

„Darüber habe ich mir noch keine konkreten Gedanken gemacht", gab Adrian zu. „Möchten Sie die Sachen nicht behalten? Ich weiß, es klingt vielleicht komisch und etwas morbide, aber der Schal steht Ihnen wirklich gut."

Monika zögerte. So richtig wohl dabei war ihr nicht. Adrian versicherte ihr, er würde ihr auch ihren eigenen Koffer selbstverständlich so zurückgeben.

Aber solle Monika tatsächlich die Sachen einer Verstorbenen übernehmen? Zugegeben, sie hatten ihr nie wirklich gehört und waren ungetragen. Aber trotzdem. „Ich glaube, mir ist nicht ganz wohl dabei", sagte sie schließlich und fügte noch schnell hinzu: „Wobei: Dieses Sonnenschirmchen mit diesen Rüschen dran ist wirklich der Knaller!"

„Das müssen Sie nicht sagen. Ich kann das nachvollziehen, dass Ihnen nicht wohl dabei ist."

„Wir können uns ja mit unseren Koffern treffen und uns gemeinsam von unseren Sachen verabschieden. Ich wollte sowieso einige von mir abgeben. Hier gibt es einen Second-Hand-Laden der Herzstiftung. Der Erlös kommt dann noch einer noblen Sache zugute. Vielleicht ist das dann leichter." Monika unterbreitete Adrian diesen Vorschlag mit einem solch aufrichtigem Ernst, als wäre es das normalste der Welt, als Mann mit nagelneuen Frauenkleidern für eine bereits vor Jahrzehnten Verstorbene um die Welt zu reisen. Adrian schaute Monika an, als wäre sie eine Heilige. Er willigte ein.

Am nächsten Vormittag trafen sich beide mit ihren orangefarbenen Koffern am Friedhof und gingen einige hundert Meter in Richtung Hügel, wo sie sich am Rande eines alten Stücks Mauer unter einer Trauerweide niederließen. Ein alter Mann verfolgte die bunten Punkte vom Friedhof aus, nahm dann aber nicht weiter Notiz und verließ den Friedhof. Sie waren allein. Monika öffnete Adrians Koffer. „Ich schlage vor, wir wechseln uns ab. Wir können jeweils einen Gegenstand in die Hand nehmen, ein paar Worte dazu sprechen und ihn dann zur Seite legen." Sie sprach, als würde sie das jeden Tag machen.

„Gut", sagte er. „Fangen Sie an?"

Monika kniete sich hin, nahm eine Wollmütze aus ihrem eigenen Koffer und betrachtete sie eine Weile. Dann wandte sie sich zu Adrian, der offenbar einen priesterlichen Monolog erwartete, und sagte wie beiläufig „Die hatte ich mal für Denis gemacht."

Adrian schaute etwas überrascht angesichts der Formlosigkeit des Rituals. Vielleicht dachte er auch ‚Er heißt also Denis'. „Die Farben sind mir aber zu dunkel geworden.", führte Monika weiter aus. „Der Kontrast zwischen dem Blau und dem Dunkelgrau ist nicht besonders gut. Sie gefiel ihm nicht, da habe ich sie behalten." Monika fuhr mit einer Hand in die Mütze, als ob sie noch einmal ähnlich wie in einer Verkaufsfernsehsendung die Qualität der Maschen überprüfen wolle. Dann setzte sie sich auf, wobei der Rand Monikas Gesicht hübsch umrahmte.

„Und die wollen Sie weggeben? Haben Sie sie wirklich selbst gestrickt?"

„Gehäkelt, ja", berichtigte Monika.

„Aber das wäre echt schade darum", gab Adrian ernst zu bedenken. „Sie scheint schön warm zu halten."

„Warum? Wollen Sie sie haben?", fragte ihn Monika etwas kokett.

Adrian zögerte.

„Probieren Sie sie mal auf!" Monika reichte ihm die Mütze herüber und Adrian setzte sie auf. Sie stand ihm hervorragend. „Ich glaube, sie gehört Ihnen", lachte Monika.

„Danke! Das geht ja gut los..."

„Jetzt sind Sie dran!", meinte Monika und setzte sich wieder legerer hin. Ein Außenstehender hätte die Szene für eine Art Spiel halten können. Adrian tat sich aber etwas schwer. Er schaute in den Koffer, den Monika etwas umsortiert hatte und nahm zögerlich einen der weiß-blauen Sommerschuhe heraus. „Die hatte ich ehrlich gesagt gekauft, weil sie mir selbst gefielen. Und weil ich dachte, dass sie Agnes auch gefallen hätten." Er schaute auf den Schuh, als wartete er, dass dieser nun etwas sagen würde. Aber er sagte nichts, sondern lag nur regungslos in seiner Hand. Mit jeder Sekunde wurde Adrians Miene starrer, der Schuh schien in seiner Hand zu gefrieren.

„Es tut mir leid, ich kann das nicht", sagte er schließlich, den Schuh beiseitelegend.

„Wir müssen das nicht machen.", sagte Monika. Sie schämte sich dafür, sich aufgedrängt zu haben, denn nun empfand sie es so. Plötzlich stand wieder eine enorme Fremdheit zwischen ihr und Adrian. Da sie es nicht noch schlimmer machen wollte, wartete sie einfach ab. Ein Wind fuhr durch den Baum und raschelte sanft durch die kargen Äste.

Adrian starrte vor sich hin. „Warum wird einem überraschend alles geschenkt, was man sich hätte träumen lassen, ... damit man es dann noch plötzlicher verliert?" Er schaute Monika eindringlich an. Es war die große Frage, auf die auch Monika keine einfache Antwort wusste. „Ich weiß es nicht", erwiderte sie langsam, ohne den Blickkontakt unterbrechen zu lassen. In ihren Augen war weder Zögern noch irgendein Flackern, auch keine sonstige Unsicherheit, sondern eine Entschlossenheit, als würde sie einen Dieb nicht entkommen lassen. Adrian schaute zum Friedhof hinüber, wo er Agnes seinerzeit den Antrag gemacht hatte.

Monika konnte es sich förmlich vorstellen, wie sie mit ihrem wahrscheinlich fast unverschämten Glück die umliegende Ruhe gestört hatten – die Ruhe jener würdiger Grabsteine, die noch immer gleichsam stoisch wie widerspenstig in allen möglichen Neigungen verharrten. Und war es nicht sonderbar, der Liebe seines Lebens ausgerechnet auf einem Friedhof einen Heiratsantrag zu machen, egal wie schön dieser war? Sozusagen vor dem Hintergrund des Wissens um die Endlichkeit des Lebens? War das etwa Neid, der sich da in ihr zeigte? Sie spürte in sich nach und kam zu dem Schluss, dass es etwas anderes war, das sie nie zugeben würde: eine stille, fast viktorianische Verachtung offen zur Schau gestellter glückseliger Zweisamkeit. Woher diese kam, wusste sie selbst nicht. Ob sie mit Agnes klargekommen wäre? Das war jetzt irrelevant. Denn Agnes war tot und wenn sie noch lebte, hätte sie Monika höchstwahrscheinlich nie kennen gelernt. Sie selbst aber lebte und war hier und jetzt, weit weg von Denis, ihrer alten Arbeit und selbst von ihrem alten treuen Kater, dessen Überbleibsel in einem fernen Garten, behördlichen Vorschriften nur mangelhaft entsprechend, unter einem halben Sack Kalkmehl vergraben vor sich hin rotteten. Jegliches naive Schicksalskribbeln in Monika war wie ausgelöscht. „Nochmal: Wir müssen das nicht machen", sagte sie schließlich.

„Vielleicht gebe ich die Sachen auch einfach so ab", überlegte Adrian laut, dem Mangel an tröstlicher Weltanschauung konsequent Folge leistend.

„Womit würden Sie sich denn am besten fühlen?", fragte Monika, darauf bedacht, nicht mit neuen Vorschlägen vorzupreschen.

„Soll ich ehrlich sein?"

„Ja, sicher."

„Mir wäre es am liebsten, Sie nähmen den Koffer und suchten sich aus, was Ihnen gefällt. Den Rest geben Sie weg. Verstehen Sie mich nicht falsch. Ich bin niemand, der sich vor Verantwortung drückt." Adrian hielt inne und betrachtete den Koffer nebst Inhalt. „Ich habe aber gar keinen wirklichen Bezug mehr zu den Dingen. Ich weiß, ich habe sie selbst gekauft. Aber ... es ist nicht ... nicht echt." Während er zur Kirche hinüberschaute, fügte er leise hinzu: „Es ist doch schon längst vorbei." Sie schwiegen wieder einige Momente. „Der Koffer sollte zu Ihnen", sagte er schließlich entschlossen. „Er wollte es ja auch selbst, wenn man so will. Ich glaube, es sollte so sein. Ich glaube, es ist das Beste. Und ehrlich: Es würde mich freuen. Das heißt, wenn es für Sie in Ordnung ist." Adrian schaute sie fragend an.

Monika verbat sich aus Pietät die Frage, ob sie ihm etwas dafür bezahlen sollte. „Gut, dann machen wir es so.", sagte sie lediglich. Monika hatte kein Problem mit dem Vorschlag, so wie er sich jetzt darstellte.

Nach einem weiteren kurzen Innehalten machten sie sich beide wieder auf den Weg in den Ort. Adrian stellte den Koffer noch bei Monika in die Ferienwohnung, nicht ohne ihr gegenüber zu bemerken, wie gemütlich diese sei und dass man es da wohl eine Weile aushalten könne.

Wie war doch jetzt alles so anders als noch vorgestern, dachte Monika, als der Koffer zum ersten Mal zu ihr in diese Wohnung kam.

„Und Sie sagen, es gibt Leute, die kommen einfach her – und bleiben hier?", fragte Monika Adrian, der sich wieder auf den Weg machte.

Ein Flugzeug, das gerade in Kirkwall gestartet sein musste, war am Himmel zu sehen, noch relativ nah, aber schon auf seinem Weg zu einem nicht näher greifbaren Punkt im unendlichen Blau.

„Ja", sagte Adrian, während er dem Flugzeug fasziniert nachschaute. „Das soll passieren. St. Andrews ist aber auch sehr schön."

*

Vogel und Vulkan

Ich hatte mein Germanistik-Studium nach zwei Semestern an den Nagel gehängt und überlegte, ob ich Soziale Arbeit studieren sollte. Etwas mit Menschen. Also Menschen, die noch lebten und Unterstützung brauchten – nicht jene, die bereits von uns gegangen waren und deren literarischen Vermächtnisse schweigend, und wie ich oft fand, leicht vorwurfsvoll von den großen Regalen diverser Bibliotheken auf mich herabschauten, während ich mich besten Willens durch den dritten Band einer Goethe-Gesamtausgabe arbeitete, weil ich mir das zu Schulzeiten so romantisch vorgestellt hatte.

Aber war Soziale Arbeit nun wirklich das richtige für mich – der tägliche und auch teils sehr persönliche Umgang mit Menschen, die selbst gegebenenfalls gar nicht glücklich mit ihrer Situation waren? So richtig sicher war ich mir nicht. Also überlegte ich mir, zunächst ein Praktikum in einer sozialen Einrichtung zu machen. Gesagt, getan: In einem Seniorenheim ganz in der Nähe meiner kleinen Wohnung konnte ich drei Wochen in den Betrieb hineinschnuppern und mitarbeiten. Ich war auf eigenen Wunsch „Mädchen für alles". Das hatte den Vorteil, möglichst viele Bereiche kennenzulernen, die dieser Berufszweig in der Praxis beinhaltete: Kartoffeln schälen und schneiden, Karten spielen, Spaziergänge unternehmen, gemeinsam basteln, Kaffeetrinken oder kulturelle Veranstaltungen vorbereiten. Es gefiel mir, die praktische Relevanz meiner Arbeit sofort sehen und erfahren zu können. Abwechslungsreich war es auch. Ich lernte viele Leute kennen, die unterschiedlicher nicht sein konnten.

Während einige Bewohner eher teilnahmslos der Dinge harrten, die ihren Alltag ausmachten, zeichneten sich andere eher dadurch aus, mit disziplinierter, fast militärischer Haltung alles aktiv, ja vorbildlich mitzuverfolgen und mitzugestalten, das heißt, so gut es ihnen möglich war.

Eine Dame jedoch stach heraus. Sie war zierlich und hatte ihr feines, weiß-blondes Haar hochtoupiert. Nach hinten fiel ihre Föhnwelle überraschend steil ab. Vielleicht hatte sie nicht die Möglichkeit, sich von hinten zu betrachten, vielleicht gefiel es ihr aber einfach so, dachte ich beim ersten Betrachten. Die Föhnwelle wurde am unteren Ende von einer rosafarbenen Spange in Position gehalten, die mit filigranen Glitzersteinchen besetzt war. Die Fingernägel der Dame waren knallrot lackiert. Dieses Aussehen kombinierte sie mit einem 1980er-Jahre-Jogging-Anzug bester Qualität in aquamarinem Blau, in dem sie sich jedoch bewegte, als würde sie ein Abendkleid tragen. Diese Gesamterscheinung verlieh ihr die Qualität eines Mitglieds einer sehr athletischen Außerirdischen-Delegation. Natürlich fragte ich mich sofort, was eine solche Delegation denn hier wollen könnte. Möglicherweise aber hatten sie erkannt, dass Seniorenheime sehr gut geeignete Orte waren, um den Zustand und Entwicklungsgrad einer Zivilisation zu studieren. Andere Delegationsmitglieder saßen wahrscheinlich in Designer-Anzügen verkleidet in den Aufsichtsräten großer Unternehmen oder musterten im Rahmen von Besucherführungen technologische Entwicklungen in Forschungseinrichtungen. Dieser Gedanke bereitete mir großes Vergnügen, weil er es mir ermöglichte, vermeintlich gewöhnliche Dinge ganz anders zu betrachten.

„Und – was führt Sie hierher?", fragte mich die Dame eines Nachmittags bei einer Bastelstunde mit Kaffee und Kuchen im kleinen Speisesaal, während sie sorgsam einen orange-farbenen Papierstern faltete.

Ich erzählte ihr von meinem abgebrochenen Studium und von meinem Praktikum als Testlauf.

„Germanistik! Liebes Kind, sind Sie sich sicher, dass Sie das hinwerfen wollen und lieber hier...", sie hielt inne, schaute sich unauffällig um, wobei die Eigenart ihrer Frisur wieder sichtbar wurde, und fügte leise hinzu: „...arbeiten wollen?" Es war offensichtlich, dass sie sich nur schwer vorstellen konnte, dass jemand freiwillig hierherkam.

„Das werde ich ja noch sehen. Ich will mich nicht unter Druck setzen. Was führt Sie denn hierher, wenn ich fragen darf?", konterte ich.

„Ach, da fragen Sie etwas!", seufzte sie etwas gespielt. Da das Buntpapier aufgebraucht war, nahm sie eine Kopie des ausgedruckten Wochenspeiseplans als Grundlage für den nächsten Stern. „Der Fisch schmeckt hier sowieso nicht und außerdem ist es noch der Plan von letzter Woche", erwiderte sie in Antwort auf meinen erstaunten und fragenden Blick. „Jetzt schauen Sie mich nicht so entsetzt an, Liebes." Papiersterne falten konnte sie wirklich gut.

„Mein Mann ist vor einigen Monaten gestorben."

„Mein Beileid."

„Danke. Und dann haben die Kinder meines Ex-Manns mich ausgetrickst! Auf dem Sterbebett haben sie ihm einen infamen Schrieb vorgehalten, der mich total benachteiligt. Und er hat auch noch unterschrieben! Eigentlich hätte mir viel mehr Geld zugestanden. Und dann hat man mich hier deponiert."

Ich wusste nicht recht, ob ich ihr glauben sollte, wollte aber auch nicht nachfragen. Erfahrungsgemäß besserte ein solches Gespräch nicht unbedingt die Laune und änderte auch nichts an der Situation. „Dieses Heim hier ist mit eines der besten in der Stadt, da können Sie lange nach einem vergleichbaren suchen", gab ich zu bedenken. „Ich vermute, dass es lange Wartelisten gibt."

„Ist ja auch teuer genug!" Die Dame nahm ein Bonbon aus ihrer Handtasche, die aus Schlangenleder-Imitat gefertigt war und nicht ganz zum Rest ihres Outfits passte. Dann nahm sie es samt Bonbon-Papier in den Mund und zog das Papier vom noch freien Ende gekonnt aus dem Mund, ein bisschen so, als wäre es ein Kunststück. Mir ging gleich durch den Kopf, dass dies zwar bestimmt eine sehr klassische Art war, Bonbons auszuwickeln, aber bestimmt auch nicht die hygienischste. Nach kurzem Innehalten behielt ich meine guten Ratschläge jedoch für mich.

Am Fenster des Speisesaals, in dem wir uns befanden, saß eine Frau regungslos im Rollstuhl und schaute hinaus. Konnte ich meiner Astronautin sagen, dass es ihr im Vergleich zu anderen Menschen augenscheinlich sehr gut ging? Oder wäre das anmaßend? Konnte ich das überhaupt beurteilen? Nur weil die Frau in einem Rollstuhl saß und sich nicht bewegte, während sie aus dem Fenster schaute, hieß das noch lange nicht, dass sie unglücklich war oder dass es ihr „schlecht ging". Oder etwa doch? Wie so oft machte ich mir zu viele Gedanken und dann auch noch bestimmt über die falschen Dinge. In einem Seniorenheim braucht es keine Grübler, sondern Leute, die positiv gestimmt und pragmatisch sind, dachte ich. Ich würde nie einen Beruf finden, der wirklich zu mir passte. Vielleicht würde ich ja an einer

Tankstelle unerwartet berufliche Erfüllung finden. Man muss nicht nach den Sternen greifen.

„Sie haben ja Recht", sagte die Dame in Antwort auf meine Bemerkung, dass dies eines der besten Heime der Stadt sei, während nun auch der Speiseplan von dieser Woche kurzerhand in einen Stern recycelt wurde.

„Haben Sie Thomas Mann gelesen?", fragte sie mich bestimmt.

„Ja."

„Und was gefällt Ihnen am besten von ihm?"

„Der Zauberberg", erwiderte ich. Ehrlich gesagt war es eines der wenigen Werke von ihm, die ich überhaupt bis dato gelesen hatte.

„Der Zauberberg, ach, jemand versteht mich!", rief sie entzückt aus und schaute begeistert um sich, wie auf einen Schlag um zwanzig Jahre verjüngt. Einige der anderen Bewohner sahen etwas verwundert zu uns hinüber. Viele waren im Begriff zu gehen oder hatten den Speisesaal schon verlassen.

„Wussten Sie, dass die Figur von Mynheer Peeperkorn im Zauberberg auf Gerhard Hauptmann gemünzt war?", fragte ich sie. Diese Information war jedoch nicht meinem tiefgreifenden Germanistik-Wissen geschuldet, sondern einem Besuch im Hauptmann-Museum auf Hiddensee. Aber das war ja egal.

„Ja, ich hörte davon – diese Streithähne!"

Nein, sie war keine Außerirdische. Das war mir nun klar, da wir länger aus der Nähe sprachen. Für mich hieß das auch: Niemand würde kommen, um unsere Zivilisation heimlich zu überprüfen oder um mich abzuholen, um mir endlich mitzuteilen, was ich denn nun werden sollte.

Renate Sperling, langjährige Angestellte des Heims, winkte mir gut gelaunt vom Ende des Flurs zu, der zu den Büros führte. Sie wollte noch mit mir über den nächsten Tag und weitere Aktivitäten sprechen.

„Ich muss mich jetzt leider um andere Dinge kümmern", gab ich der Dame zu verstehen. „Bitte entschuldigen Sie mich." Ich erhob mich und ging.

„Gehen Sie mit mir in den botanischen Garten?", rief sie mir nach. „Er ist wunderschön!"

Der botanische Garten war wirklich sehr schön. Ich ging selbst ab und zu dorthin, wenn ich etwas Tropengefühl gebrauchen konnte. Er war eine echte Oase, etwas außerhalb der Innenstadt gelegen. Mit seinen alten, hohen, schön verglasten Gewächshäusern, den exotischen Pflanzen darin und dem immer angenehmen Klima. Wenn ich dort war, zog es mich immer in das bezaubernde kleine Café, in dessen rotierender Kuchenvitrine die erlesensten Torten zu sehen waren. Ich konnte mir vorstellen, dass es der Dame dort auch gefallen würde. Man konnte die Seele baumeln lassen und war relativ ungestört. Unsichtbare Vögel zwitscherten und sangen in den unterschiedlichsten Vogelsprachen aus geschickt in der Dekoration kaschierten Lautsprechern. Dies konnte genauso gut ein Ort auf einem anderen Planeten in einer fernen Galaxie sein – mit etwas Vorstellungsvermögen natürlich.

So fand ich mich einige Tage später an einem freien Mittwoch in diesem Café sitzen. Nachdem ich mein erstes Stück Stachelbeer-Baiser-Torte verzehrt hatte, vertiefte ich mich in mein Buch. Doch schon nach einer Seite musste ich feststellen, dass ich innerlich abgeschweift war. Wie durch einen unsichtbaren Impuls berührt, drehte ich mich um. Zwei

Tische hinter mir, saß die Dame – wie aus dem Nichts erschienen – und las eine Illustrierte. Vor ihr stand ein riesiges, halbvolles Cappuccino-Glas, daneben ein bereits geleertes Sektglas. Sie schaute auch plötzlich auf und grüßte mich hocherfreut. Wir prosteten uns aus der Ferne mit unseren Kaffeetassen zu. Dann wandte ich mich wieder möglichst höflich um und versuchte weiterzulesen. Doch es fiel mir schwer. Ich fühlte mich beobachtet und irgendwie verpflichtet, mich zu ihr zu gesellen, was natürlich Quatsch war. Der Charme dieses Ortes bestand ja genau darin, dass man einfach hier sitzen und lesen konnte.

Schließlich kam die Dame mit ihrem Cappuccino an meinen Tisch. Ich machte eine einladende Bewegung, Platz zu nehmen. Heute hatte sie ihre Außerirdischen-Welle besonders steil geföhnt, was ihr recht gutstand. Es war ein echtes Mir-ist-es-so-egal-was-die-anderen-denken-Statement. Anders als sonst ging sie heute „zivil" – will heißen, sie hatte ihren Jogging-Anzug gegen normale Kleidung eingetauscht: eine Marlene-Dietrich-Hose und ein schickes, blau-weiß-gestreiftes Oberteil. „Ich will nicht stören", sagte sie leise, jedoch ohne wirklichen Protest von mir abzuwarten.

„Kein Problem", antwortete ich. „Was lesen Sie denn da?", fügte ich gleich hinzu. Sie hielt die Zeitschrift hoch und mit einer gewissen Überraschung musste ich feststellen, dass es eine sehr spezielle Computerzeitschrift war, die sich speziell an Softwareentwickler zu richten schien. Auf dem Titelbild war ein Minicomputer zu sehen. „Programmieren Sie denn?", fragte ich sie etwas entgeistert.

„Ich verstehe kein Wort, aber man muss ja dranbleiben in der heutigen Entwicklung, nicht?" Ich war baff. „Die Regenbogenpresse kann man ja nicht lesen. Da zieht es einem ja förmlich die Schuhe aus." Das fand ich auch. Dabei betonte sie ‚Regenbogenpresse' auf besondere Weise, als würde sie Wert darauf legen, dieses Wort zu benutzen. Irgendwie hoffte ich nun innerlich doch wieder, dass sie einer fortschrittlichen Zivilisation angehörte, die uns objektiv, aber freundlich erforschte.

„Wissen Sie – irgendwie fehlt mir heute die Disziplin", sagte sie. „Schauen Sie, da drüben zum Beispiel." Sie wies mit ihrem Kopf zu einem jungen Mann. Der hatte seine Turnschuhe ausgezogen, was seine grau verwaschenen Frotteesocken deutlich zur Geltung kommen ließ. Sein Rucksack stand auf den Turnschuhen auf dem Boden; eine Menge Unterlagen hatte er auf dem Tisch und auf dem Rucksack verteilt. Er hatte Kopfhörer auf und ließ sich durch nichts stören. Ich mochte auch keine Leute, die ganz selbstverständlich ihr Umfeld mit in Beschlag nahmen und sich nicht die Bohne dafür interessierten, wie es anderen damit ging. „Und das im öffentlichen Raum", raunte mir die Dame vorwurfsvoll zu.

Ich nickte, hatte aber keine Lust in eine Diskussion über „die Jugend heutzutage" einzustimmen. So saßen wir eine Weile.

„Und was lesen Sie so? Der Zauberberg scheint es ja nicht zu sein, so von Weitem betrachtet." Dabei betonte sie ‚von Weitem' und machte große Augen, um mir zu Verstehen zu geben, dass sie mich zuvor gar nicht, aber auch überhaupt nicht gesehen oder gar beobachtet hatte. „Nein, es ist ‚das Buch der Unruhe' von Fernando Pessoa. Das ‚traurigste Buch Portugals', wie es manchmal genannt wird."

„Ach du meine Güte."

„Nein, es ist phänomenal! Es hat keine Handlung."

„Oh."

Sie schaute mich nur skeptisch an, wobei das besondere Algengrün ihrer Augen zur Geltung kam, welches etwas in Richtung blau ging.

„Es ist aus Fragmenten zusammengesetzt, die er im Verlauf von zwanzig Jahren geschrieben hat und die zum Teil erst nach seinem Tod in einer Truhe gefunden wurden. Es sind Beschreibungen seiner Befindlichkeiten, chirurgisch genau beobachtet. Es ist ein Buch über das Leben und seiner unerfüllten Schönheit."

„Nein, vielen Dank – dann kann ich gleich vom Balkon springen. Das heißt, wenn ich irgendwo einen finde. Mein Zimmer hat ja keinen Balkon." Sie räusperte sich, öffnete ihre Handtasche und nahm ein weiteres Bonbon, auf mein Buch schauend. „Warum lesen Sie so etwas, Kindchen?", fragte sie mit sanfter Besorgnis, die nicht so ganz zu ihr passte.

„Romane nehmen mich immer sehr mit – so gefühlsmäßig. Selbst Novellen und Erzählungen. Ich sage nur ‚Der kleine Herr Friedemann'." Ich schaute sie vielsagend an. Als Thomas-Mann-Begeisterte kannte sie sicher diese Novelle, die so unglücklich endet wie sie anfängt.

Sie zog vielsagend die Augenbrauen hoch. Ich war mir für einen Moment nicht sicher, ob sie die Novelle wirklich kannte oder ob sie nur so tat. Ich fühlte mich bemüßigt noch mehr zu erklären. „Ich meine: Es ist genial, aber einfach nur herzzerreißend! Eigentlich müsste man eine Warnung vorwegschicken." Das meinte ich durchaus ernst. „Ich brauchte Tage, um darüber hinwegzukommen. Wirklich!"

„Meine Güte, na, wenn Sie so sensibel sind, ist die Germanistik vielleicht wirklich nichts für Sie." Sie schaute mich von oben bis unten an wie eine besorgte Kinderärztin, die sich ihres Urteils plötzlich nicht mehr hundertprozentig sicher war. Hatte ich nun die Ringelröteln oder war es doch etwas anderes? In ihrem Blick lag zudem eine Mischung aus Mitleid und unterschwelliger Abschätzigkeit, als überlegte sie, ob ich in ihrer Welt auch nur die geringsten Überlebenschancen hätte.

So saßen wir wieder eine Weile da und schauten in die Gegend, das heißt auf hohe Bananenstauden und auf Gäste an anderen Tischen. Galant winkte die Dame den Kellner heran und bestellte ein weiteres Glas Prosecco. Dann schaute sie zu mir hinüber und berichtigte: „Ach, machen Sie bitte zwei!" Kaum hatte er den Rücken gedreht, sagte sie verschwörerisch leise zu mir: „Ein vortrefflicher junger Mann!"

Ich fragte mich, ob ich die Dame bei meinen bisherigen Besuchen übersehen hatte. Sie wäre mir doch bestimmt zuvor aufgefallen. „Ich komme schon ab und zu, aber wenn es angenehm ist, sitze ich auch draußen. Wobei..." Sie hielt inne. „Ich glaube, ich habe Sie auch schon mehrfach hier drin gesehen." Ich überlegte, konnte mich aber wirklich nicht erinnern. „Machen Sie sich nichts draus", sagte sie. „Als alter Mensch wird man praktisch unsichtbar in der Öffentlichkeit."

War das so? Ich hatte noch nie wirklich darüber nachgedacht. „Die Leute sehen einen, aber sie vergessen einen sofort. Viele zumindest. Glauben Sie mir: Ich könnte einen Juwelier überfallen."

„Der hat aber Überwachungskameras, egal, wie alt Sie sind, und der wird sich erinnern, glauben Sie mir."

„Wahrscheinlich. Sie haben ja Recht." Sie musste schmunzeln, wollte es aber nicht wirklich zeigen. Der Prosecco
kam. Der Kellner hatte extra zwei außerordentlich schön ge-
schliffene Gläser herausgesucht, die er formvollendet mit
fein perlendem Inhalt vor uns abstellte. Die Dame und ich
stießen an, als wären wir auf einem Luxusdampfer oder in
einem feinen Hotel in den Bergen. „So lässt es sich doch aushalten!", bemerkte sie, wobei sie erst einen sehr großen und
dann noch einen kleineren Schluck nahm.

Dann nahm sie unvermittelt mein Buch und schaute doch
hinein. „Zeigen Sie mal her, Ihren... Fernando". Während
sie las, betrachtete ich sie und überlegte, was sie wohl so
alles erlebt hatte. Ich würde sie fragen, wenn sich einmal die
Gelegenheit bot. Jetzt schien es nicht so gut zu passen.

„Das liest sich ja gar nicht schlecht", gab sie zu, während sie
elegant in meiner Ausgabe blätterte, die vom vielen Lesen
bereits im Verfall begriffen war.

„,Wir verwirklichen uns nie. Wir sind zwei Abgründe – ein
Brunnen, der den Himmel anstarrt.' Meine Güte – wie Recht
er hat." Sie klappte das Buch entschlossen zu und gab es mir
zurück. „Hätten Sie ihn gern persönlich kennengelernt? Ich
meine den Autor?"

Ich überlegte kurz. „Ich weiß nicht. Wir hätten uns sicher
nicht viel zu sagen gehabt. Er war ja auch eher ein Einzel-
gänger. Ich wäre ihm aber gern in einem Café begegnet.
Aber nur aus der Ferne."

„Soll ich zurück an meinen Platz gehen?", fragte meine
Dame unvermittelt erschrocken – offensichtlich meine Bemerkung auf sich beziehend.

„Nein, bitte nicht!", erwiderte ich. „Das hat doch nichts mit
uns zu tun! Der Autor hätte mich wahrscheinlich gar nicht

bemerkt. Oder erst nach einer Weile. Dann hätten wir eine unsichtbare Mauer zwischen uns hin- und hergeschoben. Das ist auch Kommunikation, wissen Sie?"

Die Dame schien an etwas Spezielles zu denken und schaute mitten durch mich hindurch, bis es fast unangenehm wurde. Ich wusste für einen Moment nicht, was ich sagen sollte. „Was mögen Sie denn sonst noch so – ich meine außer Thomas Mann?"

Sie schien meine Frage erst nach einigen Sekunden zu registrieren, schaute aber immer noch in ihre gedankliche Wolke. „Was ich mag? Vögel und Vulkane", sagte sie nachdenklich.

„Vögel und Vulkane? Das ist sehr konkret."

„Ja, ist es. Das sage ich immer. Das wird man doch oft gefragt. Und dann klatschen wir in die Hände und singen ein Kinderlied." Sie schaute mich unvermittelt und etwas aufbrausend an. „Was soll ich denn sonst sagen? ‚Vögel und Vulkane' klingt außerdem besser als ‚Volksmusik' oder ‚Meeresrauschen'. Wenn ich sage, dass ich Thomas Mann mag, denken manche Leute, ich wollte angeben oder besonders gebildet erscheinen. Dazu ist er mir dann wirklich zu schade."

„Das verstehe ich", attestierte ich fest, obwohl es mir etwas übertrieben vorkam. Ich fand Gespräche insbesondere mit einigen älteren Menschen oft anstrengend, besonders wenn sich ihr Ausdruck oder Temperament so schnell änderte, ohne dass man darauf gefasst war.

Eine unglaubliche Müdigkeit ging plötzlich von der Dame aus. Anscheinend war sie noch älter, als sie aussah. Sie schaute wieder in die Ferne. „Meine Freundin Frieda hat sich umgebracht. Heute vor zwölf Jahren. Auf den Tag genau."

Genau – und dann so etwas.

„Das tut mir leid."

„Jetzt habe ich niemanden mehr in meinem Alter, den ich wirklich kenne. Es ist schrecklich, allein zu sein."

Wir schwiegen wieder.

„Wollen Sie über Ihre Freundin reden?", fragte ich vorsichtig.

„Nein", sagte sie bestimmt. „Dann geht mir auch noch das letzte von ihr verloren. Davor habe ich Angst. Die Erinnerung ist doch alles, was ich noch von ihr habe."

Ich nickte nur. „Meine Urgroßoma ist 98 geworden. Sie hat immer gesagt: ‚Kind, das Alter ist eine Bürde. Wenn du so alt sein wirst wie ich, wirst du an mich denken.'"

„Das kommt überhaupt nicht in Frage!", brauste die Dame auf, als wäre dies ein Angebot an sie. „Es versteht mich doch schon jetzt keiner mehr!"

„Sie meinen Leute, denen man nichts erklären muss, weil sie ähnliche Erfahrungen gemacht haben wie man selbst. Das kann ich nachvollziehen. Ich meine: Ältere Leute verstehen junge Leute, weil sie auch mal jung waren. Aber junge Leute verstehen ältere Leute nicht wirklich, weil sie noch nie alt waren. Deshalb funktioniert eine bestimmte Ebene nicht gegenseitig. Man glaubt das vielleicht, aber ich denke, das stimmt nicht."

„Ich weiß zwar nicht, was Sie mit ‚Ebene' genau meinen, aber im Großen und Ganzen haben Sie Recht, denke ich."

Wir bestellten noch zwei Cappuccinos.

„Wahrscheinlich kommt noch hinzu, dass sich über die Zeit mehr enge Kontakte verlieren als neue hinzukommen", gab ich zu bedenken.

„Sie meinen, man wird im Alter störrisch und missmutig?" Sie schaute mich fragend und etwas spitzbübisch an: „Seien Sie ehrlich – finden Sie mich etwa störrisch und missmutig?" Dabei griff sie sich etwas gespielt kokett an die hintere Seite ihrer Föhnwelle.

„Das habe ich nicht gesagt. Aber ich glaube schon, dass es besser ist, wenn man eine Familie hat, egal, was man genau darunter verstehen mag. Das kann ja auch eine Wohngemeinschaft sein."

„So wie unsere im ‚Zweiten Frühling'." Sie schaute mich vielsagend an.

„Ach, bitte geben Sie doch Ihrem jetzigen Leben mal eine Chance", bat ich sie, wobei ich beinahe ihre Hand ergriffen hätte, mich dann aber zurückhielt, da ich mir nicht sicher war, ob ihr das Recht wäre oder nicht. Es war offensichtlich, dass sie nicht besonders glücklich war. Aber konnte ich ihr helfen, das zu ändern? Was, wenn sie nie besonders glücklich gewesen war, sie aber jetzt merkte, dass die Zeit langsam, aber unweigerlich zu Ende ging? Mehr um sie abzulenken und aufzumuntern als meine Theorie zu testen, sagte ich: „Ich frage mich, wie wenn es Außerirdische gäbe, die das machen würden."

„Was machen?"

„Na, wie das Zusammenleben der Generationen aussehen würde", ergänzte ich.

Sie wich etwas zurück und schaute mich etwas entgeistert an. „Kindchen, Sie sollten etwas mehr Vitamine zu sich nehmen, langsam mache ich mir wirklich Sorgen um Sie."

Und sofort versuchte die Dame, die Aufmerksamkeit des wunderbaren Kellners zu erhaschen. Aber dieser verschwand gerade mit einem Tablett leerer Gläser in der Küche. Ihm aufmerksam nachschauend, fuhr sie fort: „Das kann man doch nicht so pauschal beantworten. Vielleicht gibt es Außerirdische, deren Leben gar nicht linear verläuft, die sich körperlich gar nicht verändern oder die überhaupt keinen Körper haben. Oder es gibt welche, die sich ganz anders fortpflanzen als Menschen. Dann haben sie vielleicht gar keine Generationen in der Form, wie wir es verstehen. Oder sie werden einfach nicht alt und störrisch." Beim letzten Halbsatz kam sie etwas näher an mich heran und schaute mich kampfeslustig an.

Sie hatte Recht. Das hatte ich nicht bedacht. Und ich gebe zu: Ich war schockiert von der schlichten Eleganz ihrer Logik. Meine Außerirdischen-Theorie gewann wieder an Fahrt, aber ich freute mich kaum, denn ich kam mir ziemlich blöd vor. „Wobei ...", gab ich zu verstehen, denn mir fiel etwas spontan ein, „manchmal denke ich, dass ein gewisser Missmut nicht primär altersbedingt in körperlicher Hinsicht ist, sondern auf bestimmte Erfahrungen zurückzuführen ist wie emotionale Verletzungen und dergleichen. Die macht man natürlich im Laufe des Lebens und das verändert einen natürlich. Das hat mit dem Alter selbst aber nicht direkt zu tun. Es gibt auch sehr alte Menschen, die glücklich sind, und oder obwohl sie nie ihr Bergdorf verlassen haben."

„Sie meinen Starrsinn und Missmut seien in Wirklichkeit ein verdeckter Drittfaktor oder wie auch immer man das in der Fachsprache nennt. Und sie glauben, dass dieser Faktor durch emotionale Verletzungen im Laufe des Lebens zu erklären sei und dass zwischen Alter und Missmut keine direkte Kausalität bestünde? Das hat mit Bergdörfern aber herzlich wenig zu tun, mein Kind. Außer mit dem Enzian, der vielleicht dort wächst und den ich gleich in flüssiger Form werde zu mir nehmen müssen, wenn Sie weiter so mit mir reden. Außerdem übersehen Sie, dass Starrsinn und Missmut im Alter nicht zuletzt auch dadurch zunehmen, dass man von dem vermeintlich Leistung erbringenden Teil der Gesellschaft nicht mehr ernst genommen oder tatsächlich respektiert wird. Die einen ignorieren einen, die anderen schauen einen selbstgefällig weichgespült an. Und das hat schon direkt etwas mit dem Alter zu tun. Allein schon die Werbung – was wird denn da oft für ein Bild vom Altsein vermittelt? Dass man dankbar sein kann, dass man überhaupt noch irgendwo dazugehören darf. Zumindest nehme ich das so wahr, vielleicht spinne ich ja auch." Sie nahm einen Schluck aus ihrem Glas. „Und überlegen Sie mal, wie wenig die Pflege gesellschaftlich wertgeschätzt wird. Was sagt das denn über die Leute aus, die gepflegt werden. Und über die Pflegerinnen und Pfleger natürlich auch. Die müssten viel mehr Geld bekommen."

„Und Sie müssten mehr bezahlen", gab ich zu spontan bedenken.

„Ich – mehr bezahlen?! Mein liebes Kind! Papperlapapp! Der Staat kann ruhig ein bisschen mehr Kohle locker machen."

Ich seufzte und schwieg erst einmal. Die „Der-Staat-soll-bezahlen-Diskussion" war auch so eine, die mir keinen Spaß machte. Auch wusste ich zu wenig über die Einzelheiten Bescheid, um detailliert mitreden zu können. „Mit den meisten Punkten haben Sie sicher Recht", sagte ich daher zu der

Dame. „Nichtsdestotrotz glaube ich schon, dass Sie selbst außergewöhnlich sind, wenn ich das mal so sagen darf."

„Wie darf ich das verstehen?"

Der Kellner bereitete liebevoll einige Kaffeespezialitäten hinter der Theke.

„Viele ältere Leute sind nicht mehr so fit wie Sie, weder körperlich noch geistig", erklärte ich.

„Umso wichtiger ist die Pflege."

In diesem Moment wusste ich nicht genau, was ich fühlen sollte. Ich meine: Ich war einfach so ins Café gekommen und wollte mein Buch lesen wie sonst auch. Und dann war sie an meinen Tisch gekommen, was völlig in Ordnung für mich war. Dann versuchte ich einfach nur nett zu sein. Es konnte schon sein, dass sie Recht hatte. Trotzdem fand ich ihr Verhalten mir gegenüber nicht so toll. Aber war das nicht genau das, was sie meinte? Dass man von älteren Leuten automatisch erwartet, sie sollten sich doch zufriedengeben, wenn man nett zu ihnen ist? Und dass sie nicht zu viel erwarten sollten?

Der Kellner näherte sich. Die Dame sprach eindringlich und leise zu ihm: „Die junge Frau hier braucht O-Saft. Es ist dringend. Und frisch gepresst, bitte." Der Kellner schaute mich fragend und besorgt an und musste dann unfreiwillig schmunzeln, als er meinen Gesichtsausdruck sah. „Aber natürlich. An O-Saftmangel soll hier niemand verschmachten", sagte er, minimal in meine Richtung zwinkernd, bevor er eine auffällig nonchalante Kehrtwendung machte und wieder im Küchenbereich verschwand. Das versöhnte mich etwas mit der Situation. Sicher: Ältere Leute hatten es bestimmt schwerer, als man sich so allgemein vorstellen konnte – wobei ich das schon vorher gewusst hatte. Damit hatte unser kleines Streitgespräch ja angefangen.

„Zu schade, dass man hier nicht rauchen darf – alles wird einem genommen!", sagte die Dame dann unvermittelt. Ich schaute sie nur kurz genervt an. Ehrlich gesagt fand ich, dass es ihr ausgezeichnet ging und dass ausgerechnet sie sich sicher nichts würde nehmen lassen. Sie indes zog nur die Augenbrauen hoch.

Irgendwie mochte ich die Dame.

So saßen wir eine Weile. Ich merkte, wie sie etwas unsicher neben mir wurde, auch wenn sie es nicht zeigen wollte. Sie schien auch etwas müde.

„Sie haben bestimmt einen richtigen Zigarettenhalter, stimmt's?", sagte ich, um die Stimmung etwas anzuheben.

„Wo denken Sie hin? Aber natürlich habe ich einen, aber wem nützt das jetzt noch?" Sie seufzte etwas gespielt – wie eine Schauspielerin, die sich ihres Publikums wieder sicher war und anfing, ihre Rolle voll auszuspielen. Von da war die Unterhaltung recht ungezwungen, wir hatten unseren Modus gefunden.

Wir sprachen noch über alles Mögliche. Zum Beispiel, wo sie denn herkäme, wenn sie tatsächlich eine Außerirdische wäre, worauf sie kurz innehielt und ganz frei ausrief: „Ach von irgendeinem Quadranten bestimmt, nicht zu weit weg, aber auch nicht zu nah. Sagen wir, wie heißt das noch mal in dieser einen Serie... ‚Alpha-Querin.'"

Ich hatte noch nie von Alpha-Querin gehört, obwohl ich einiges an Star Trek gesehen hatte, falls sie das meinte. War das eine bestimmte Zone im Alpha-Quadranten oder hatte sie sich das gerade ausgedacht? Die Vulkanier lebten, glaubte ich zu wissen, woanders. Spitze Ohren hatte die Dame jedenfalls keine.

„Alpha-Querin", wiederholte ich. „Klingt ähnlich wie Schwerin."

„Stimmt, aber das ist Zufall", erwiderte sie mit einer nun wieder gut gelaunten Bestimmtheit.

Ich überlegte noch, ob ich noch einmal auf ihre beste Freundin zu sprechen kommen sollte, ließ es aber sein. Ich wollte alles vermeiden, was unsere Unterhaltung noch einmal stören könnte.

Zwischendurch kam der Orangensaft zu meiner geistigen Stärkung, der mit einer galanten und charmanten Bewegung des Kellners begleitet war, dem es offensichtlich auch Freude machte, Teil unserer Begegnung – man konnte stellenweise fast Aufführung sagen – zu sein. Am Ende hatte ich das Gefühl, dass wir uns alle schon lange kannten, was natürlich auch den weiteren zwei Proseccoli (so nannten wir sie) geschuldet sein konnte, die wir im weiteren Verlauf noch zu uns nahmen.

Als ich meine Dame das nächste Mal im Heim sah, gab sie mir jedoch durch ihr Verhalten zu verstehen, dass sie unsere Begegnung für sich behalten wolle. Sie schien auch verschlossener denn je. Ich hatte nichts dagegen, auch wenn ich es nicht ganz verstand. Es konnte niemand etwas dagegen haben, dass wir uns im Botanischen Garten trafen. Vielleicht wollte sie nicht, dass noch andere Bewohner auf die Idee kämen, ebenfalls in das Café zu gehen? War das vielleicht ihr einziger wirklicher Rückzugsort, obwohl das Heim wirklich schön war und die anderen Bewohner nach meinem Dafürhalten auch nett waren? Ich habe es nie herausgefunden.

Die Dame und ich trafen uns noch einige Male in jenem Café, wobei wir uns dabei mehr oder weniger bewusst nach dem Dienstplan des Kellners richteten, der übrigens Mercuccio hieß und aussah, als wäre er gerade einer italienischen Herrenduftwerbung entsprungen.

Jedes Treffen unterlag einer gewissen Dramaturgie, die sich mehr oder weniger an unserer ersten Begegnung orientierte. Das gab uns eine Struktur, an die wir uns halten konnten. Sie entsprach auch unserem anscheinend gemeinsamen Bedürfnis einer strikt geregelten Nähe und Distanz. Die Dame und ich kamen stets unabhängig voneinander, so zwischen halb drei und drei Uhr nachmittags, jeden zweiten Mittwoch. Nach Möglichkeit und räumlicher Verfügbarkeit setzten wir uns zunächst an getrennte Tische, wobei ich schon aus der Entfernung ihren Allgemeinzustand erkennen konnte, da er sich kongruent zum Steigungswinkel ihrer Föhnwelle verhielt. Dann nahm jede für sich das erste Getränk ein, während wir uns in mitgebrachte Lektüre vertieften.

Dann, etwa zwanzig Minuten später, gab es den Moment, wo wir einander aus der Ferne auch offiziell wahrnahmen und mehr oder weniger überrascht taten, was ebenfalls fest zum Ritual gehörte und eine gewisse innere Heiterkeit in uns verursachte, was ich auch bei der Dame erkennen konnte, auch wenn sie das nicht so sehr zeigte. Dann setzte man sich zusammen und grüßte sich ganz offiziell, sich überrascht zeigend. Dann folgte der schnittig-elegante Auftritt von Mercuccio, der sich nach unseren weiteren Getränkewünschen erkundigte und mit gespielt strenger Miene auf seinem kleinen Gerät die Tischzuordnung der Dame änderte. Er spielte auch immer aufs Neue mit, ganz so, als wäre es das erste Mal.

Dann informierte man sich höflich über die jeweilige Lektüre des anderen und sprach zwischenzeitlich kurz über das Wetter. Anschließend kam man kurz auf die Nachrichten der vergangenen Woche zu sprechen, um dann zu Sonstigem abzuschweifen. Dieser Ablauf änderte sich nie. Dass wir im Laufe der Zeit zunehmend mehr übereinander wussten, änderte dabei gar nichts an der Dramaturgie: zum Beispiel, dass

- Mercuccios Beziehung mit einer zauberhaften und modellhaft aussehenden Muriel aus Peru, deren Bild wir von seinem Handy kannten, auseinandergegangen war, wobei er seltsam erleichtert wirkte, worauf wir – die Dame und ich – ihn aber nicht ansprachen,

- seine Mutter den Jakobsweg pilgerte und ihn über ihre alle Stationen detailliert informierte, bis der Kontakt 237 Kilometer vor dem Ziel jäh abbrach, wobei keiner wusste, warum, es ihr aber dennoch gut zu gehen schien, denn danach erkundigten wir uns jedes Mal bei ihm,

- das Heim, indem unsere Dame wohnte, an einem Abend evakuiert werden musste, weil jemand in der Mikrowelle leider auch die Plastikdose zusammen mit dem darin enthaltenen Blauschimmelkäse-Baguette erhitzt hatte, was den Feueralarm auslöste und die betreffende Dame im Heim wiederholt betonte, dass nicht etwa sie das getan habe, sondern ihre Schwiegertochter, die sie leider nicht sonderlich zu mögen schien und keiner genau wusste, wer in Wirklichkeit wen nicht mochte, man aber auch nicht genau nachforschte,

- während eben dieser „Blauschimmel-Evakuierung" heftige Meinungsunterschiede zwischen den Bewohnern zum Thema Grippeschutzimpfung jäh herausbrachen, dass beinahe die Polizei geholt werden musste, die Auseinandersetzungen aber ebenso schnell wieder verflogen, ohne dass jemand auch nur im Entferntesten die eigene Meinung geändert hatte
- und dass ich in meiner neuerlichen Studienwahl zwischen nun doch wieder Germanistik, Psychologie, Sozialer Arbeit oder Wirtschaftsinformatik hin- und herschwankte ohne im Geringsten zu einem Ergebnis zu kommen – und das trotz aller redlichen Versuche sowohl der Dame als auch Mercuccios, mir bei dieser schwerwiegenden Entscheidung zu helfen.

Kurzum: Es war wunderbar. Mein Praktikum näherte sich inzwischen dem Ende und ich bekam einen großen Blumenstrauß. Meine Dame traf ich nur noch im Café, das aber zuverlässig. Wenn ich einmal nicht konnte, erwähnte ich dies beim Treffen zuvor wie ganz nebenbei oder vermied es einfach, nicht zu können. Arzttermine und selbst meine Blinddarm-Operation wurden eben entsprechend drumherum gelegt. Andere Termine mussten gegebenenfalls ausfallen.

Das ging über etwa ein halbes Jahr.

Dann kam die Dame nicht mehr.

Erst dachte ich, ich hätte mich in der Woche vertan. Mercuccio sah mich, als unsere Dame auch noch nach zwanzig Minuten nicht im Café angekommen war, fragend an, während er einige Zuckerbehälter auf den Tischen austauschte. Ich zuckte nur mit den Schultern. Ich konnte sehen, dass er besorgt war. Er merkte mir auch meine Enttäuschung an und schaute öfter als sonst zu mir herüber, um zu sehen, ob ich etwas bräuchte. Dann steckten wir kurz die Köpfe zusammen. Keiner von uns wusste einen Grund oder konnte sich erinnern, dass sie gesagt hätte, dass sie nicht käme. „Vielleicht ist sie ja krank geworden", meinte er.

Das erschien mir gänzlich unmöglich. Nach etwa zwei Stunden ging ich. „Bitte bestellen Sie ihr schöne Grüße, falls sie noch kommt", bat ich ihn. Er nickte nur, schien aber auch selbst nicht wirklich daran zu glauben.

Sollte ich gleich bei ihr im Heim vorbeischauen und nach ihr fragen? Aber so konkret war unsere Verabredung nie gewesen. Es war gewissermaßen „nur" eine Tradition, die unseren Begegnungen zugrunde lag. Ich ging an dem Heim vorbei, dessen Eingang recht unverdächtig hinsichtlich dramatischer Ereignisse schien. Doch irgendetwas hielt mich davon ab, hineinzugehen. So gut kannten wir uns ja nicht und vielleicht wäre es ihr auch gar nicht recht. Dass wir uns im botanischen Garten trafen, hatte sie damals ja für sich behalten und wollte offensichtlich auch nicht, dass ich es erzählte. Ich wollte auch nicht den Eindruck erwecken, als ob ich ihr nachspionieren würde, nur weil sie einmal nicht kam. War das nicht genau der Freiraum zwischen uns, der unsere Beziehung grundlegend ausmachte? Würde ich ihr damit nicht zu nahetreten? Und irgendjemanden würde es doch hoffentlich schon noch in ihrem Leben geben, der etwas unternehmen würde, wenn wirklich Bedarf war. Oder etwa nicht?

Ich hatte Angst vor der Wahrheit. Denn irgendwie schwante mir, dass irgendetwas grundlegend nicht stimmte.

Am nächsten Tag kaufte ich vorsorglich einen kleinen Blumenstrauß und Konfekt und ging ins Heim. Ich erkundigte mich nach ihr bei Renate Sperling, die schon seit Jahrzehnten im Heim arbeitete und die Geschichten aller Bewohner kannte. Sie hatte eine bodenständige Art und einen gut gelaunten Pragmatismus, den ich so sehr bewunderte. Sie wusste sicher Bescheid.

„Ist Frau Hessenstett da? Wissen Sie das zufällig?"

Renate Sperling schaute mich lange an, sah dann auf die Blumen und auf das Konfekt, das ich in der Hand hielt. Ihr Gesicht bekam einen Anflug von Mitgefühl. Sie sagte nichts. Sie schüttelte nur leicht den Kopf. Es war die Antwort auf meine Frage. Ich atmete tief durch. Dass sie gar nichts sagte, bestätigte das, was mir mein Bauchgefühl bereits im Café mitgeteilt hatte. Meine Dame war von uns gegangen. Ich wusste nicht, was ich sagen sollte.

„Wann?", fragte ich nur.

Sie überlegte kurz. „Ich glaube das war am Fünfzehnten."

Ich rechnete nach. Das musste drei Tage nach unserem letzten Treffen gewesen sein. Sie bedeutete mir, mit in ihr Büro zu kommen. Dort brachte sie mir ein Glas Wasser und wir schwiegen erst einmal. „War sie denn krank?", fragte ich leise – auch noch für möglich haltend, dass ich Renate falsch verstanden hatte.

„Nicht, dass ich wüsste. Aber sie war ja jetzt auch nicht mehr die Jüngste, wenn man das so sagen kann."

„Wie alt war sie denn?"

„Fünfundachtzig oder sechsundachtzig – da müsste ich nachschauen."

„Was?" Das hatte ich nicht vermutet.

„Und woran ist sie gestorben?"

„Sie ist ganz friedlich eingeschlafen."

Ich nickte nur und schaute aus dem Fenster. Es war gar nicht so lange her, dass wir uns überhaupt hier begegnet waren. Eigentlich brauchte ich ja nicht traurig zu sein. Sie hatte wenigstens nicht gelitten. Und vielleicht hatte sie auch etwas Schönes geträumt.

„Hat sie noch Verwandte?"

„Es gibt die Kinder Ihres Ex-Mannes. Aber die haben gleich am Telefon gesagt, dass sie nichts mit ihr zu tun haben wollten. Schlugen das Erbe aus. Vermutlich hatten sie Angst, dass sie für die Beerdigung hätten aufkommen müssen."

„Und wie läuft das jetzt?"

„Die Beerdigung war gestern."

„Was, die war schon?"

„Ja, gestern. Auf dem Ostfriedhof. Frau Hessenstett war mustergültig auf alles vorbereitet; ihre Beerdigung hatte sie gleich bei ihrer Ankunft geregelt. Sie war schon besonders." Und nach einer Pause, in der mich Renate verständnisvoll anschaute, fügte sich versichernd hinzu: „Es war alles sehr würdig".

Ich versuchte, mir das alles vorzustellen, während ich auf die zarten Blumen meines Straußes schaute, aber es fiel mir schwer.

„Es tut mir sehr leid, Frau Vogel."

„Wie viele Leute waren denn da?", fragte ich.

„Ein paar von der Belegschaft, Frau Schuster und Frau Landwirt, Herr Jäger, dann jemand von der Stadt und noch das Team der Friedhofsgärtnerei."

Ich nickte.

„Der Sarg war ein ziemliches Luxusmodell, kann ich Ihnen sagen! Da hat sie sich nicht lumpen lassen!" Das sagte

Renate Sperling nur, um mich etwas aufzumuntern, da sie meine Art von Humor kannte. Aber heute half er nicht wirklich. Ich sagte nichts.

„Hätten wir gewusst, dass Sie in Kontakt standen, hätten wir Sie informiert", fügte sie hinzu. „Aber ... sie hatte nichts davon erzählt." Ich machte nur eine Bewegung, dass es jetzt eben so war.

„Dabei fällt mir ein – in ihrer Schublade war ein kleiner Karton mit persönlichen Sachen. Wollen Sie diese entgegennehmen? Sie kannten sich ja." Ich nickte. „Ich werde auch ordentlich damit umgehen" versprach ich. Frau Sperling sah mich fast liebevoll an. Sie übergab mir eine alte Holzkiste, etwas kleiner als ein Schuhkarton. Ich öffnete sie nicht, sondern verstaute sie ordentlich in einem Beutel. Dann verabschiedete ich mich. Die Blumen nahm ich wieder mit, ich würde sie auf das Grab stellen, wenn ich dies finden würde; das Konfekt ließ ich da.

Ich ging nach Hause, stellte die Blumen ins Wasser, zündete eine Kerze an und hielt eine kurze Andacht mit dem alten Gebetbuch, das mir vor Zeiten meine Uroma geschenkt hatte. Dann öffnete ich vorsichtig die Kiste. In ein weißes Tuch eingehüllt war ein schlankes Büchlein in einem Ledereinband. Es roch altertümlich nach feiner Seife und altem Papier. Es war eine Sonderausgabe von „Tod in Venedig" von Thomas Mann. Handsigniert vom Autor. Die Signatur schien auch echt zu sein. Hatte sie ihn etwa gekannt? Dazu einige schwarz-weiß Fotos, auf denen sie als junge Frau mit einigen mir völlig unbekannten Leuten zu sehen war (von den Manns war aber niemand dabei, wie ich anhand von Vergleichsfotos im Internet feststellte). Auf einem Bild strahlte sie über das ganze Gesicht, während sie ihren Arm um die Schulter einer anderen jungen Frau gelegt hatte, die eine ulkige Grimasse in die Kamera zog. War das Frieda? Hinter ihnen standen zwei gesattelte Pferde. Offensichtlich war das auf einem Reitausflug aufgenommen worden. In der anderen Hand hielt sie lederbehandschuht ganz elegant eine Zigarette. Eine gewisse Abenteuerlust ging von ihr aus. Die Haare hatte sie glatt nach hinten zusammengebunden, was ihr hervorragend stand. Sie hatte leichte Sommersprossen. Da es schwarz-weiß-Fotos waren, kam ihre Augenfarbe nicht wirklich zum Ausdruck. Aber es war kein Zweifel: Sie war es und niemand anders.

Warum hatte ich sie eigentlich kaum über ihr Leben befragt? Unsere Gespräche hatten sich immer um die Gegenwart gedreht und waren nur kurz abgeschweift. Ich hatte ihr so viel über mich erzählt. Aber sie kaum über sich, was – das fiel mir erst jetzt auf – doch recht ungewöhnlich war gerade für ältere Leute. Warum war mir das vorher gar nicht aufgefallen? Jeden Versuch, auf ihre Freundin zu sprechen zu kommen, hatte sie auch geschickt oder auch direkt abgebogen, sodass ich es bald gelassen hatte. Es wäre mir auch aufdringlich vorgekommen, direkt nach ihrer Vergangenheit zu fragen nach dem Motto: „Wie war das denn damals?" Etwas in mir war darauf bedacht gewesen, den Impulsen zu folgen, die sie mir gegeben hatte und auf diesen Wegen zu bleiben, auch aus Angst, sie zu verärgern oder gar zu verschrecken. Nun bedauerte ich das. In der Kiste waren auch noch ein alter Zigarettenhalter und einige handgeschriebene Gedichte von Schiller: die Bürgschaft, der Taucher. Ihre Handschrift, wenn es denn ihre war, gefiel mir gut. Ausdrucksstark und leicht geschwungen, aber auch sehr diszipliniert und gut lesbar.

Der Gedanke, dass diese Frau, mit der ich doch noch vor zwei Wochen einige Stunden im botanischen Garten verbracht hatte, nun in einem Sarg nur einige Kilometer weit weg in der Tiefe lag, wohlmöglich noch mit einer nicht zu ihrer Zufriedenheit ausführten Föhnwelle, wollte mir nicht in den Sinn.

War es nicht vielmehr so, dass sie ihre Mission auf diesem Planeten vollendet hatte und dass sie – vielleicht für sie selbst überraschend – abgeholt worden war, weil ihr Bericht fällig war? War ihr Sarg nicht in Wirklichkeit leer? (Bestimmt hatte sie extra ein schweres, pompöses Modell gewählt, damit nicht auffiel, dass ihre leichte Gestalt gar nicht darin lag). Stand sie nicht gerade in diesem Moment in der pragmatischen Mode ihres Heimatplaneten im Sonnenuntergang an einem fernen Gestade, auf ein irgendwie geartetes Meer blickend, irgendwo im Alpha-Querin-Quadranten? Vielleicht mit einem Gedanken an Mercuccio und mich? Hatte sie Frieda ,da draußen' wiedergefunden? Doch sicher, so musste es sein! Im Glaubensbekenntnis im Gebetbuch stand: „Ich glaube an den Heiligen Geist, die heilige christliche Kirche, Gemeinschaft der Heiligen, Vergebung der Sünden, Auferstehung der Toten und das ewige Leben." Würde es die Auferstehung der Toten wirklich geben? Meine Uroma hatte fest daran geglaubt und sie hatte zwei Weltkriege durchlebt. Sie hat es wissen müssen. Aber glaubte ich selbst auch daran?

Heute zumindest würde ich es nicht mehr herausfinden.

Würde ich die Dame je wiedersehen?

Vielleicht würde sie mir wenigstens im Traum erscheinen. Sich nicht zu verabschieden war ja nun wirklich nicht die feine englische Art.

Im Traum ging ich ganz früh durch die Stadt zur Universität. Exotische Vögel sangen im Morgengrauen. Ich verspürte eine seltene Freude in mir. Es war eine Freude, die mit einem glücklichen Geheimnis und mit einer großen Klarheit verbunden war. Eine Art Trost war es auch, wobei ich nicht genau wusste, wofür. Denn im Traum war ich gar nicht traurig. Ich ging zur Studienberatung. „Germanistik und Philosophie" sagte ich zu der jungen Dame, die auf der anderen Seite des Tisches saß. An den Wänden hingen alte Gemälde mit maritimen, teils dramatischen Motiven: brandende Buchten, Schiffe umgischt in Stürmen, aber auch ruhige Sonnenuntergänge am Wasser mit Vulkanlandschaften am Horizont. Die Gemälde waren alle echt und hatten brillante Farben. Die Frau strahlte mich an. Sie musste so Ende zwanzig sein. Sie hatte lange, glatte rote Haare, die sie in einem dicken schicken Pferdeschwanz zusammengebunden hatte, der ihr wirklich gutstand. Ja: Germanistik und Philosophie. Das war es. Das wusste ich jetzt. Und dieses Mal würde ich dranbleiben.

*

Inhalt